Lydie Salvayre

Das **Gewicht** der Erinnerung

Roman

Aus dem Französischen übersetzt
von Renate Nentwig

Klett-Cotta

Für Marie,
Für Montsé

Du wirst sagen: wozu in dem Dreck wühlen, vor dem der Weltenraum sich schon in Grausen windet?... Nun gut, entgegne ich dir, beruhige dich und höre mich still an: der Übergang von Wahnsinn zu einem vernünftigen Leben kann nur vonstatten gehen indem man die undurchsichtigen Urteilssprüche registriert, die die Entfesselung der undurchsichtigen Triebe nach sich zogen; und diese Triebe sprengten die Ketten gewohnter Sitte und entflohen in den Tag, in das Säkulum; und sie glaubten, das Licht der Welt mit fremden Federn und dem Gepränge ihrer Lügen schmücken zu können, dabei waren sie Finsternis und Verderben.

Carlo Emilio Gadda, *Eros e Priapo*

1

Während ich mich also vor Höflichkeitsbezeugungen förmlich überschlug, Herr Gerichtsvollzieher hin, Herr Gerichtsvollzieher her (nicht, daß eine so übertriebene Liebenswürdigkeit sonst meine Art wäre, aber dadurch hoffte ich den Herrn für uns einzunehmen und ihn zur Aufhebung oder zumindest zur Herabmilderung seines Urteils zu bewegen), sah ich, wie unvermutet die Zimmertür aufging, meine Mutter in ihrem schmutzigen Nachthemd heraustrat, die gräßliche Banane umgeschnallt, von der sie sich nie trennte für den Fall, wie sie sagte, daß sie gewaltsam in ein Internierungslager verbracht würde, und dem Vertreter des Gesetzes mit einer Stimme, die Angst einjagen konnte, entgegenschleuderte: Schickt dich Darnand?

Ich führte sie augenblicklich zurück in ihr Gemach, wie wir ihr Zimmer ironisch-scherzhaft nannten, und bat den Gerichtsvollzieher, der sich nicht das geringste anmerken ließ, obwohl er, wie ich annehme, einigermaßen fassungslos sein mußte, sich einen Augenblick gedulden zu wollen. Und als ich meine Mutter außer Sichtweite in ihr Zimmer zurückgebracht und sie, wenn der Ausdruck gestattet ist, unschädlich gemacht hatte, trat ich wieder in den Flur, wo ich ihn (den Gerichtsvollzieher, meine ich) einfach hatte stehen lassen, und er verlas mir den folgenden Text:

Pfändungsbeschluß. Datum: 15. April 1997. Betreibende Partei: Marcel Leducq, geboren am 10. August 1930 in Paris 12, französischer Staatsbürger, Beruf: Rentner, wohnhaft in Paris 11, Rue Camille 16. Verpflichtete Partei: Rose Mélie, wohnhaft in Paris-Créteil, Cité des Acacias 10/230/12. Stock. Vertreter der betreibenden Partei: Maître Echinard, offiziell beauftragter Gerichtsvollzieher, Inhaber einer auf diesen Namen eingetragenen Kanzlei in Créteil, Rue Violette 44, wohnhaft ebenda, wurde von der betreibenden Partei als Bevollmächtigter genannt und mit der Zustellung dieses Beschlusses betraut. Die Pfändungsbewilligung wurde aufgrund der vom Gericht überprüften Angaben des Betreibenden und in Anwesenheit der Parteien in erster Instanz vom Amtsgericht für Zivilsachen in Créteil am 2. Juni 1996 ausgesprochenen Urteils bewilligt. Es handelt sich um ein vollstreckbares Versäumnisurteil: Die verpflichtete Partei hat es trotz mehrmaliger ausdrücklicher Aufforderung verabsäumt, Name und Adresse ihres Arbeitgebers bzw. die Nummer ihres Gehaltskontos bekanntzugeben, so daß eine Gehaltspfändung nicht durchgeführt werden konnte. Die verpflichtete Partei wird daher aufgefordert, der vollstreckbaren Forderung unverzüglich

2 Und während der Gerichtsvollzieher den Pfändungsbeschluß herunterleierte, von dem ich nichts, aber auch gar nichts verstand, rechnete ich mir aus, wie gering meine Chancen waren, die paar Gegenstände dieses verflixten Inventars zu retten, an denen ich hing, wie zum Beispiel den Fernseher, ohne den ich, so schien es mir, nicht würde leben können.

Wenn Sie sich bitte weiterbemühen wollen, sagte ich beflissen, als der Gerichtsvollzieher sein Kauderwelsch beendet hatte, und öffnete zeremoniell die Wohnzimmertür. Durch solcherlei japanische Höflichkeitsformeln hoffte ich von dem unbeschreiblichen Chaos abzulenken, das in der Wohnung herrschte. Entschuldigen Sie die Unordnung (den Saustall, wäre mir beinahe herausgerutscht), sagte ich. Mit unverändert ausdrucksloser Miene ließ der Gerichtsvollzieher seinen mißmutigen Blick durch das Zimmer gleiten. Sind Sie im Besitz eines motorbetriebenen Bodenfahrzeuges? fragte er unvermittelt. Komische Einleitung. Was? sagte ich. Und er, mit einer Spur von Ungeduld: Ob Sie ein Auto haben. Nein, sagte ich.

Unverzüglich machte sich der Gerichtsvollzieher an eine Auflistung des Inventars; in einem schwarzen Notizheft, das er aus seiner Aktentasche genommen hatte, hielt er fest: Wandthermometer *made in Italy*, in Kupfer ziseliertes Blätterwerk mit springendem Reh im Hintergrund, wahrscheinlich wertlos; Fächer mit Holzstiel, schwarzer, mit roten Rosen bestickter Stoff, trägt die Aufschrift RECUERDOS DE GRANADA, schätzungsweise nicht sehr wertvoll; ovaler Holzbilderrahmen, vergoldet, mit Photo

Just in dem Moment, in dem der Gerichtsvollzieher vor Onkel Jeans Photographie stand und pedantisch jedes Detail notierte, sah ich, wie meine Mutter zum zweiten Mal in ihrem schmutzigen Nachthemd hereingestürmt kam, die gräßliche Banane umgeschnallt, von der sie sich nie trennte und in der sich ihr Schmuck, ein wenig Kleingeld sowie ein Bild von Onkel Jean und mir befanden, und dem Gerichtsvollzieher mit dem Gesicht, dem Ausdruck und der Stimme einer Irren entgegenbrüllte:
Schickt dich Darnand?
Ein betretenes Schweigen folgte. Eines, das schwer zu überbrücken war.
Wie bitte? forschte der Gerichtsvollzieher.
Ich glaubte vor Scham zu versinken. In der Hoffnung, sie dadurch zum augenblicklichen Rückzug zu bewegen, flüsterte ich meiner Mutter in bekümmert sanftem, überaus verlogenem Ton zu: Mama, du bist müde, du solltest dich ein wenig hinlegen. Ich hatte aber eine ganz falsche Vorstellung von der Macht meiner Worte. Kaum ausgesprochen, zerplatzten sie wie Seifenblasen, meine Mutter jedoch rührte sich nicht von der Stelle.
Ich wandte mich daher an den Gerichtsvollzieher, der seit seinem Wie bitte reglos und stumm dastand und meine Mutter mit demselben kalten Blick bedachte, mit dem er einen Schemel oder eine Käseglocke angesehen hätte. Wenn Sie die Güte besitzen (die Güte besitzen!) wollen, einen Augenblick zu warten, säuselte ich. Dann packte ich meine Mutter am Arm, drückte ihr meine Fingernägel ins Fleisch, damit sie meine Entschlossenheit begriff, führte sie in ihr Zimmer, aus dem sie besser gar nicht erst her-

ausgekommen wäre, und drängte sie in schroffem Ton, der gleichermaßen betäubend wie hemmend auf sie wirken sollte, sich hinzulegen und keinen Mucks mehr von sich zu geben. Dies, sagte ich dicht an ihrem Ohr, ist nicht der Augenblick für Scherze. Dabei fiel mir auf, daß sie stank. Habe ich dir gesagt, Liebes, begann meine Mutter, sobald sie sich auf dem Bett ausgestreckt hatte, daß es sieben Uhr abends war, als (was jetzt kommen würde, kannte ich bereits in- und auswendig)

3 als dein Onkel Jean die Tür zum Café de la Gare öffnete? Da versperrten ihm die Juel-Zwillinge, die von allen im Dorf J1 und J2 genannt wurden, den Weg. Hast du das Schild nicht gelesen? sagte J1. Das Schild trug die Aufschrift JUDEN UND HUNDEN IST DER ZUTRITT VERBOTEN. Und dann wollte J2 die Tür mit einem Fußtritt zustoßen, aber dein Onkel Jean, der nicht erkannte, in welcher Gefahr er sich befand, stellte in einer Reflexbewegung den Fuß dazwischen. Je öfter ich daran denke, Liebes, sagte meine Mutter, desto stärker glaube ich, dein Onkel mußte sterben, weil er aus einem jugendlichen Reflex heraus einen Fuß in die Tür gestellt hat. Dieser winzige Akt des Widerstands war es, der die Juel-Zwillinge zu ihrer unmenschlichen Tat trieb. Die Juel-Zwillinge duldeten nämlich nicht, daß irgend jemand ihnen Widerstand leistete, jeden noch so geringen Widerstand zertraten sie im Keim mit ihren Stiefeln. Seit sie in den Straßen von Toulouse vor den Augen von Cheneaux de Leyritz, General Schubert höchstpersönlich, Bézagu und den anderen hohen Tieren defiliert waren, hielten die Juel-Zwillinge sich nämlich für die Herren des Dorfes, und da sie selbst sich dafür hielten, taten andere dies auch.
Mama, bitte hör auf, sagte ich zu meiner Mutter und dachte an den Gerichtsvollzieher, den ich im Wohnzimmer schnöde seinem Schicksal überlassen hatte.
Und dann, fuhr Mama fort, als hätte sie mich nicht gehört, als hätten meine Worte nichts mit dem zu tun, was sie so über die Maßen beschäftigte, drängten J1 und J2 deinen Onkel zurück auf den Gehsteig und versetzten ihm solche

Schläge vor die Brust, daß ihm der Atem wegblieb, dann drängten sie ihn noch weiter zurück bis zu dem verlassenen Gelände beim Bahnhof, auf dem sich jetzt, wie du weißt, ein Parkplatz befindet. An diesem Tag, Liebes, wollten die Juel-Zwillinge einfach, daß etwas geschah, sie wußten selbst noch nicht, was. Sie wollten, daß etwas Furchtbares und Endgültiges geschah, was sie in den Augen der Miliz emporheben würde. Seit Monaten warteten sie auf eine Gelegenheit, sich hervorzutun, um endlich bei der Franc-Garde aufgenommen zu werden. Ihr heimlicher Wunsch war es nämlich, der Franc-Garde beizutreten, die Champs-Élysées hinunterzumarschieren und die Paradeuniform mit dem Abzeichen zu tragen, auf dem sich zwei Knochen über einem Totenschädel kreuzen, wie du es auch von dem Schild an der Umzäunung des Elektrizitätswerkes kennst. Um für einen solchen Aufstieg in Frage zu kommen, mußten sie aber erst beweisen, daß sie seiner würdig waren, und dafür waren die Juel-Zwillinge bereit, die schlimmsten Dinge zu tun.
Und dann, sagte meine Mutter, und ihre Stimme begann zu kippen, sah ihnen mein Bruder in die Augen, mit seinem sanften Blick eines Mädchens sah er ihnen in die Augen und hoffte, nur mit diesem Blick den schrecklichen Mechanismus aufzuhalten, den ihre Handlungen, das ahnte er, annehmen würden. Doch das Gegenteil geschah. Die Juel-Zwillinge hatten nur noch einen Gedanken: den sanften, unbestechlichen Blick zu beugen, bis er brach. Denk immer daran, Liebes, daß man sich einer Gefahr aussetzt, wenn man schlechten Menschen in die Augen sieht, weil sie fürchten, man könnte die häßlichen Geheimnisse ihrer

durch und durch abgestumpften Seele zu sehen bekommen und darin lesen wie in einem offenen Buch, und diese Befürchtung treibt schlechte Menschen noch weiter in die Schlechtigkeit. Vergiß das nie.

Mama, bitte beruhige dich, wiederholte ich, und plötzlich kam mir der Gedanke, sie mit einem Lappen zu knebeln.

Und dann, sagte Mama heftig, schlug J1 noch stärker auf deinen Onkel ein und gab ihm Tritte in die Magengegend, die ein komisches Geräusch verursachten, und dein Onkel fiel rücklings zu Boden, aber eine Todesahnung hatte er noch nicht, ihr seid verrückt, keuchte er, laßt doch den Blödsinn, sagte er. Und während er aufzustehen versuchte, schlug J2 vor: In die Eier, tritt ihm in die Eier, und J1 holte weit aus und versetzte ihm einen Fußtritt zwischen die Beine, der Jean vor Schmerz aufbrüllen ließ. Er scheißt sich an vor Angst, sagte J1. Er hat die Hosen gestrichen voll, meinte J2. Durchgefallen. Mit Bomben und Granaten, sagte J1, und die Zwillinge prusteten los. Du mußt nämlich wissen, Liebes, die Juels konnten mit knapper Not ihren Namen in Blockbuchstaben schreiben, und vielleicht empfanden sie einen gewissen Neid auf meinen Bruder, der ein hervorragender Schüler war, vielleicht mußte mein Bruder sterben, weil er begabter war als sie und bessere Noten hatte, vielleicht war einfach nur das der Grund, sagte Mama verzweifelt.

Du redest einen Stuß daher, entgegnete ich in der Absicht, meine Mutter zu unterbrechen, denn ich stellte mir vor, wie der Gerichtsvollzieher ungehalten im Wohnzimmer auf- und abging, den Blick auf seine Uhr geheftet, nicht gerade gut auf uns zu sprechen.

Dein Onkel lag bewegungslos da wie ein Tier, das auf den Tod wartet, fuhr meine Mutter fort, und ihre Stimme klang erbärmlich. Rufst du gar nicht nach deiner Mami? fragte J1. Willst sie wohl nicht beim Ficken stören, wie? Dieser De-Gaulle-Sympathisant, der deine Mami besteigt, wer ist denn das? Du weißt nicht, wie der Saujud heißt, der deine Mutter fickt? Wirst du wohl reden, du Dreckskerl? Aber je mehr ich darüber nachdenke, sagte Mama, desto mehr komme ich zu der Überzeugung, daß die Juel-Zwillinge deinen Onkel nicht schlugen, um Geständnisse aus ihm herauszuprügeln, wie man später oft zu glauben geneigt war, sie schlugen ihn ganz im Gegenteil, um ihm jede Möglichkeit zum Reden zu nehmen, sie schlugen ihn, damit er ein für allemal verstummte, denn für die Juel-Zwillinge konnte sich durch ein Wort deines Onkels jeden Augenblick eine unerhörte Welt auftun, zu der sie sich keinen Zugang verschaffen konnten, jedenfalls nicht mit Waffengewalt. Keiner ist mächtig, sagte Mama, der nicht, mit welchen Mitteln auch immer, andere am Reden zu hindern vermag. Macht zu besitzen heißt, den Leuten das Maul stopfen zu können, sagte Mama, aber mich bringt keiner zum Schweigen, erklärte sie und erhob die Stimme, weder Putain noch Darnand noch sonst jemand, schrie sie.

Mama, hältst du jetzt bitte die Klappe, konnte ich mir nicht verkneifen zu sagen, willst du wohl endlich still sein? Allmählich ging sie mir mit ihrem ewigen Geheule auf die Nerven. Das ist doch kalter Kaffee. Du könntest wirklich mal eine andere Platte auflegen, schleuderte ich ihr mit dem ganzen Zorn entgegen, der sich seit fünf

Minuten aufgestaut hatte, ach, was sage ich, seit Tagen, seit Monaten, seit Jahren, seit ich sie überhaupt ertragen mußte.

Mein Bruder richtete sich vorsichtig auf und taumelte nach hinten auf das Gleis zu, sagte meine Mutter, und in ihrer Stimme lag ein unterdrücktes Schreien, was sich noch schlimmer anhörte. Da gab ihm J1 mit der ganzen Kraft seines Hasses einen Stoß, und dein Onkel fiel rücklings auf den mit Schlacke aufgeschütteten Bahndamm. Dann rollten ihn die Zwillinge mittels Fußtritten auf das Gleis, und dein Onkel schlug mit dem Kopf auf die Eisenlasche auf, und dein Onkel, Liebes, der noch nie an den Tod gedacht hatte, dein Onkel, der erst achtzehn Jahre alt war, betete zum Himmel, daß der Tod schnell kommen möge, jetzt wollte er sterben. Und ich frage mich oft, Liebes, was ihm durch den Kopf gegangen sein mag, als ihm klar wurde, daß er tatsächlich sterben würde. Eine schmerzliche Erinnerung? Ein Gesicht, das er einmal gestreichelt hatte? Oder bereits die Weite, die Unendlichkeit? Da öffnete J1 seinen Hosenschlitz, pinkelte deinem Onkel ins Gesicht und sagte: Hier, damit du munter wirst, und die beiden Juels lachten wieder drauflos. Diese Bilder bringen mich noch um, Liebes, schrie Mama, sie bringen mich einfach um, schrie sie.

Sei still, Mama, ich habe dir gesagt, du sollst still sein, sagte ich zu meiner Mutter, wohlwissend, daß es sinnlos war, sie zum Schweigen aufzufordern, wie es auch sinnlos war, sie daran zu erinnern, daß der Tod ihres Bruders vierundfünfzig Jahre zurücklag, daß er keine Menschenseele mehr interessierte und Onkel Jean für mich nichts weiter war als ein vergilbtes Photo an der Wand im Flur und der Name, den ich allem gebe, was mir wehtut.

Denn nichts konnte meine Mutter aufhalten, wenn sie ihre Zeitreise in die Vergangenheit antrat, die sie in ihre unselige Kindheit zurückkatapultierte. Meine Mutter konnte tagelang in einem fort heulen wie ein Schloßhund, sie gefiel sich darin, den Himmel darum anzuflehen, erhört und getröstet zu werden. Meine Mutter war nämlich ein Fall, in diesem Punkt duldete Herr Doktor Donque keine Widerrede. Mit dem Argument, daß eine normale Emotion bei einem Menschen nicht länger als fünf, sagen wir zehn Minuten andauern dürfe, erklärte Herr Doktor Donque Mama mit allen wissenschaftlichen Schikanen zu einem Fall.

J2 kniete sich neben das Gesicht deines Onkels und brachte den Hahn seiner Pistole zum Klicken, setzte ihm die Mündung an die Schläfe und drehte langsam und aufmerksam seinen Kopf in die eine, dann in die andere Richtung, langsam und aufmerksam, in die eine, dann in die andere Richtung. Und er begann zu singen: *A genoux nous fîmes le serment, miliciens, de mourir en chantant, s'il le faut, pour la Nouvelle France …* Und während J2 sang, drückte J1 deinem Onkel seinen Stiefelabsatz auf die Schläfe. Und dein Onkel verlor das Bewußtsein.

Es reicht, sagte ich zwischen den Zähnen zu meiner Mutter, ich hab genug von deinen grauenvollen Geschichten. All die Gewalt im Fernsehen, und dann noch dein privater Horror, fügte ich hart hinzu, senkte aber die Stimme, damit mich der Gerichtsvollzieher, der im Wohnzimmer bereits Wurzeln schlagen mußte, nicht hörte.

Und dann stand J1 auf, fuhr meine Mutter fort, trat an den Zaun, der das angrenzende Feld vom Bahngleis trennte, und riß ein Stück Draht heraus. Dann ging er zu deinem Onkel zurück, fesselte ihm die Hände, wobei er ihm den Draht tief ins Fleisch trieb, an die eine Schiene, und J2 machte seine Füße an der anderen Schiene fest. So ließen sie ihn auf dem Gleis liegen. Wie einen Müllsack. Während meine Mutter deine Großmutter mit einer schrecklichen Vorahnung im Herzen überall im Dorf in sämtlichen Straßen nach ihm suchte. Warum bin nicht ich statt ihm gestorben? fragte meine Mutter, und ihre Stimme brach. Ewig dieses Gejammer, dachte ich.
Das war am 13. März 1943.
Gestern.
Um acht Uhr abends, fuhr Mama fort, sind die Juel-Zwillinge wieder im Café. Sie trinken. Unmengen. Sie sind nicht durstig, doch sie trinken. Sie heben ihr Glas. Sie stoßen an. Auf das Wohl Frankreichs. Sie leeren das Glas in einem Zug. Dann klopfen sie auf die Theke. Dasselbe nochmal, Herr Wirt. Lecussan und Marty hätten sie auf ihrer Seite, erzählen sie, würden mit ihnen zusammenarbeiten, Hand in Hand, das wiederholen sie mehrmals, Hand in Hand, darauf sind sie stolz. Wir, sagen sie, wir legen uns ins Zeug, wir geben alles, wir sind nicht so feige wie diese Waschlappen, die immer nur reden und reden und nichts tun, noch ein Glas, Herr Wirt. Und die Roten, die schlagen wir nieder mit der Hacke, auch Drecksarbeit gehört getan, ruft J1 in den Raum, oder wir machen sie anders kalt, ergänzt J2 mit grölendem Gelächter, wie die Schweine stechen wir sie ab, Kruzitürkennochmal, sagt J1,

jetzt haben wir ein Ideal, sagt J2, jetzt können wir den Kopf hoch tragen, sagt J1, aber die Zwillinge sind viel zu betrunken, als daß ihnen der Kopf nicht immer wieder nach unten fiele. Wir müssen das Vaterland verteidigen, sagt J2 und hißt sein Glas, weil irgendwelche Saukerle es in den Dreck zerren wollen. J1 tut es ihm nach. Sie stoßen an. Auf das Wohl Frankreichs. Auf das Vaterland, das mit Füßen getretene. Dann stürzen sie den Inhalt ihrer Gläser hinunter. Ex.
Mir reicht's, hör auf, befahl ich meiner Mutter, die Zähne immer noch krampfhaft aufeinandergebissen. Sie besaß eine Gabe, mich in Harnisch zu bringen. Ohne mich wahrzunehmen, starrte meine Mutter mich mit diesem irren Blick an, den sie immer bekam, wenn sie von ihrem Bruder zu sprechen begann.
Niemand wird je wissen, wie meine Mutter deine Großmutter es ertragen konnte, weiterzuleben, nachdem sie deinen Onkel Jean am darauffolgenden Morgen an die Schienen gefesselt gefunden hatte, die Augen auf etwas Unfaßbares gerichtet, den Körper in Stücke gerissen wie bei diesen Hunden, die manchmal am Rand der Autobahn liegen. Und weißt du, Liebes, was mich so quält, ist der Gedanke
Ich wollte den Rest nicht hören. Wenn ich sie weitersprechen ließ, würde sie im nächsten Augenblick, wie ich genau wußte, zu toben beginnen. Ich mochte das aber nicht schon wieder mit anhören müssen. Ich hörte sie so oft toben, ich war schon ganz krank davon. Ich sagte: Ist jetzt endlich Ruhe, hältst du jetzt endlich dein Mundwerk, ja?, kramte im Durcheinander ihres Nachttischchens nach

ihren Medikamenten und zählte ihr Tropfen in ein Glas. Die dreifache Dosis. Damit sie endlich still war. Da! Trink! Ich sprach in höchst rüdem Ton. Anders konnte man sie nicht dazu bringen, den Mund zu halten. Sie sah mich erschrocken an. Meine Mutter, stammelte sie
Hör endlich auf mit deiner Mutter, schlaf jetzt.
Schlafen ist nämlich die einzige Beschäftigung meiner Mutter. Wenn sie sich nicht gerade die Seele aus dem Leib brüllt. Da ist sie mir schlafend verständlicherweise noch lieber. Mitunter denke ich, die Dosen, die ich ihr verabreiche, werden sie eines Tages wirklich umbringen. Und in einem Augenblick wünsche ich mir, daß sie stirbt, und im nächsten Augenblick habe ich Angst davor. Ihrem Toben ist aber nur durch eine Überdosis beizukommen. Ihr Irrsinn hält allem stand. Mit der Zeit ist mir klargeworden, daß ihr Irrsinn stärker ist als die Medikamente, stärker als sie selbst, stärker sogar als der Tod. Ich bin zu der Überzeugung gelangt, daß kein Schlafmittel ihre Erinnerung betäuben und keine Arznei der Welt ihren Schmerz je besiegen kann. Ich glaube gar, ihr Schmerz wird sie noch überleben, über den Tod hinaus bestehen bleiben, unangetastet, das sagt sie übrigens oft selbst in ihrem Wahn, sie sagt: Wenn ich einmal sterbe, nehme ich das Bild meines toten Bruders mit ins Grab, wie er zerfetzt auf den Zugschienen von Venerque lag, und auch das Bild von Marschall Putain, das am selben Tag auf der Titelseite von *La Garonne* erschien und auf dem man ihn an der Seite der Marschallin seine Schokolade trinken sah, und auch das Bild von Bousquet, wie er der Presse mitteilte, welche neuen Maßnahmen er wieder getroffen hatte, und diese Bilder, sagte Mama in

jenem hochtrabenden Ton, den ich nicht ausstehen konnte, diese Bilder verseuchen die Erde in alle Ewigkeit und vergiften denen, die übrigbleiben, das Leben. Verstehst du, Liebes? Ich verstehe, Mama, gab ich zur Antwort, damit ich meinen Frieden hatte. Das versuche ich dir begreiflich zu machen, aber du hörst mir ja nie zu, sagte meine Mutter. Am 13. März 1943, Liebes, wurde uns der Boden unter den Füßen weggezogen, und die Menschlichkeit ist ausgestorben ein für allemal, sagte meine Mutter, die sich in ihrem Wahn für eine Prophetin hält. Manchmal nenne ich sie die Pythia von Paris. Mit welchen Schlagzeilen kann die Pythia von Paris heute wieder aufwarten? frage ich sie oft. Das bringt sie zum Lachen.

Bevor ich das Zimmer verließ, vergewisserte ich mich zu ihrer Beruhigung, daß die Fensterläden geschlossen waren, durchsuchte gründlich den Hängeschrank und kauerte mich auf alle viere, um unter dem Bett nachzusehen, wo vergilbte Bücher und zwanzig Jahre alte Zeitschriften sich unter einer Staubschicht türmten, zum Himmel betend, daß mich der Gerichtsvollzieher nicht durch einen Türspalt in dieser Pose erblicken möge. Es ist niemand da, schlaf jetzt, deine Angst ist völlig unbegründet, schlaf, sagte ich zu meiner Mutter. Sie flehte mich an, noch einmal nachzusehen. Bei Feinden wie diesen konnte man nicht vorsichtig genug sein. Ich veranstaltete denselben Zirkus noch einmal von vorn.

Danach legte Mama sich hin, inmitten der Bücher, die haufenweise auf dem Bett herumlagen, und der losen Blätter, auf denen sie ihr Leben niederschrieb, mit bis zum Bauch angezogenen Knien, um unsere Katze Camille nicht zu stören, die wie die Sphinx persönlich auf dem Bett lag und vor sich hinsann. Neben ihr Kopfkissen legte sie die Dokumentenmappe mit der Anklageschrift gegen Bousquet, dem Darnand-Dossier sowie ihren Notizen über Marschall Putain, wie sie Pétain nannte. Ich deckte sie zu, schlug das Laken ein und strich über die tintenbefleckte Decke.

Schlaf.

Laß mich nicht allein, bettelte sie und blickte unglücklich drein, und dann begann sie zu weinen.

Heul nicht, sagte ich kalt. Wenn mich etwas anwidert im Leben, dann Leute, die vor mir weinen.

Geh nicht weg, bettelte sie.

Doch ich blieb hart und überließ sie einfach ihrem Leid. Sorgfältig schloß ich die Tür, damit ihre Schreie nicht ganz so laut im Wohnzimmer zu hören wären. Meine Mutter brüllt nämlich sogar im Schlaf. Und dann erwacht sie von ihren eigenen Schreien. Und ich natürlich auch. Es ist zum Verrücktwerden. Jean hat mich gerufen, stöhnt sie, es hatte ihm die Beine weggerissen, und doch konnte er sich ohne Krücken fortbewegen. Louisiane, mein Kleines, bist du da? Ja, Mama, ich bin da, hab keine Angst. Es dauert dann immer Stunden, bis sie realisiert, wo sie sich befindet, nämlich in Créteil, in ihrem Zimmer, bei mir, ihrer Tochter. Ja, ich bin es, Mama, Louisiane, deine Tochter, sage ich gewöhnlich zu ihr, beruhige dich, und langsam und mühselig bringt sie ihr Zimmer, ihren Körper und ihre Gedanken wieder in einen klaren Zusammenhang.

Ich atmete tief durch, wie wir es im Turnunterricht gelernt hatten, einatmen, ausatmen, einatmen, ausatmen, und während ich ausatmete, dachte ich für mich: Sie versaut mir mein ganzes Leben, alles macht sie mir kaputt, dann ging ich zurück ins Wohnzimmer, wo

4 der Gerichtsvollzieher mit peinlicher Sorgfalt in seinem kleinen schwarzen Notizheft festhielt: sechs ungleiche Holzstühle mit abgestoßenen Beinen in schlechtem Zustand, ein besonderer Stil nicht erkennbar, ein besonderer Wert ebenfalls nicht.

Ich habe Sie schmählich warten lassen, Herr Gerichtsvollzieher, sagte ich, bitte verzeihen Sie. Ich überlegte, ob dies der rechte Zeitpunkt für eine kleine Erfrischung wäre, aber mir fiel ein, daß ich außer Leitungswasser nichts anzubieten hatte. Auch kam mir der Verdacht, daß ich vielleicht ein wenig übertrieb. Wie die Armen. Höflichkeit ja, Anbiederung nein, beschloß ich.

Derart in Gedanken versunken, sah ich, wie meine Mutter, deren Benehmen den Anstandsregeln nur sehr sporadisch entspricht, zum dritten Mal in unveränderter Aufmachung in Erscheinung trat, die gräßliche Banane um das schmutzige Nachthemd geschnallt, und ungeachtet der Dosis an Neuroleptika, die sie geschluckt hatte und die einen Ochsen hätte niederstrecken können, lauthals rief:

Schickt dich Darnand?

Der Gerichtsvollzieher gab keinen Ton von sich. Mir aber war der Auftritt entsetzlich peinlich. Um als brave Tochter zu erscheinen, zwang ich mich zu einem Lächeln, in meinem Inneren jedoch raste ich vor Zorn. Man braucht wirklich eine Engelsgeduld mit ihr, sagte ich geziert und stürzte auf meine Mutter zu, die ängstlich zusammenzuckte, was mich mit heimlicher Befriedigung erfüllte. Ich ergriff ihre Hand, die ich fast zermalmte, wobei ich ihr gleichzeitig ein bißchen die Finger verdrehte. Laß mich los, oder ich schreie, sagte sie und versuchte, sich zu entwinden. Doch ich zog sie, ohne meinen Griff zu lockern, in ihr Zimmer. Sie wehrte sich nicht. Im Endeffekt behielt immer ich die Oberhand.

Der, den du für einen Darnand-Schergen hältst, flüsterte ich in einer Art kalter Wut, ist kein anderer als Maître Echinard, seines Zeichens Gerichtsvollzieher, und in dieser seiner Eigenschaft, sagte ich langsam und deutlich, ist er hier, um eine Liste unserer Einrichtungsgegenstände mitsamt Inhalt zu erstellen, weil wir nämlich demnächst gepfändet und in weiterer Folge aus der Wohnung geworfen werden sollen, sagte ich langsam und deutlich, du läßt dieses Theater also besser bleiben.

Anschließend forderte ich sie auf, sich anzukleiden und zumindest etwas anzuziehen, was nicht stank, wenn sie schon keine sauberen Kleidungsstücke hatte, ermahnte sie abermals, mit dem Unfug auf der Stelle aufzuhören und sich mucksmäuschenstill zu verhalten, mucks-mäus-chen-still, ich betonte jede Silbe, unsere Zukunft läge nämlich in den Händen dieses Herrn, wir müßten daher, sagte ich ganz leise, mit äußerstem Geschick vorgehen.

Mit einer Leichtigkeit, die mich verblüffte, erwiderte Mama mir, daß wir uns mit stoischer Gelassenheit in diese Sache fügen müßten, ohne das geringste an unseren Lebensgewohnheiten zu ändern. Ich finde, du mißt diesen Pfändungsgeschichten viel zuviel Bedeutung bei, fügte sie hinzu, um mich noch ein Stückchen mehr auf die Palme zu bringen. Wie Seneca schon sagte, soll man seinen Geist nicht mit derlei Dingen besudeln. Ich werde dir stichhaltig beweisen, daß ein an sich offenherziges Wesen, wenn man es einer so erbärmlichen Vorgehensweise aussetzt, verbittert und verschlossen wird. Mir persönlich fehlt ja die Zeit für solche Blödheiten, setzte sie hinzu, um mich vollends in Rage zu bringen. Sprach's und tänzelte entschlossen auf die Tür zu, wobei sie den Gerichtsvollzieher von der Sohle bis zum Scheitel musterte:

Schickt dich Darnand?

Die Situation erschien mir einigermaßen kritisch. Hätte meine Mutter es darauf angelegt, all meine Strategien absichtlich zum Scheitern zu bringen, hätte sie keinen geeigneteren Weg finden können. Verreck doch, altes Weibsstück, schrie es in mir. Ihr Verhalten erregte in unvorstellbarer Weise meinen Zorn. Aber das sollte sie mir büßen! Sobald der Gerichtsvollzieher gegangen wäre, schwor ich mir, würde ich es ihr ordentlich heimzahlen, indem ich sie beispielsweise immer wieder daran erinnerte, wie oft man mich in fremde Pflegefamilien gesteckt hatte, weil sie ihre Aufsichtspflicht verletzt hatte, so lange würde ich ihr die Ohren damit vollquasseln, bis sie zu heulen anfinge. Bis sie um Verzeihung bäte.

Herr Gerichtsvollzieher, entschuldigte ich mich mit dem zu Gebote stehenden bekümmerten Gesichtsausdruck, bitte verübeln Sie meiner Mutter ihre Worte nicht, sie hat einen Dachscha, ich meine, sie leidet an leichten psychischen Störungen. Meine Mutter, die viel Schlimmes durchmachen mußte, lebt in einer Gleichzeitigkeit von Vergangenheit und Gegenwart, denn durch den Schmerz, sagte ich metaphysisch beschlagen, wird das Zeitempfinden kurioserweise ausgelöscht oder zumindest beeinträchtigt, es kommt auf die jeweilige Krankheit an. Der offiziellen

Zeitrechnung völlig ungeachtet pendelt ihr Geist in chronologischer Anarchie ohne Unterlaß zwischen 1943 und heute hin und her, anscheinend handelt es sich hierbei um eines der am schwersten zu behandelnden Symptome. Und diese Zeitreise führt ständig zu den unfaßbarsten Irrtümern. Unaufhörlich stellt sie Ähnlichkeiten her zwischen Personen, die sie im Fernsehen sieht, und der Bande von Putain, wie sie den Marschall beharrlich nennt, einer Schweinebande, die angeblich in unterschiedlichen Erscheinungsformen allüberall ihr Unwesen treibt. Es ist wirklich absurd, aber sie ist überzeugt davon, daß der Marschall das Land regiert. Sie zum Beispiel hält sie für einen Abgesandten Darnands, weiß der Kuckuck, warum! Sie behauptet steif und fest, die politischen Führer unseres Landes, diese Mistsäcke, wie sie lauthals beteuert, hielten uns mehr oder minder offen dazu an, uns Werten wie Familie, Arbeit und Vaterland unterzuordnen, haben Sie je einen so ungeheuren Schwachsinn gehört? Mama bildet sich, wie ich bereits sagte, ein, wir schrieben das Jahr 1943, das ist das Jahr, in dem sie ihren Bruder verlor, für den sie beinah täglich eine Gedenkfeier abhält, jawohl, Monsieur, Tag für Tag wird ihr Bruder ermordet, und Tag für Tag bestatten wir ihn, jede Stunde, die vergeht, ist seine Todesstunde, und jeden Abend halten wir hier Totenwache für ihn.

Dadurch befindet sich meine Mutter ständig in der falschen Zeit, in der falschen Realität, sie ist ein einziger wandelnder Anachronismus. Eine Winzigkeit genügt, und schon glaubt sie sich in das düstere Jahr 43 versetzt, aus dem sie nur unter größten Anstrengungen wieder ins Hier und Heute zurückgelangt. Sie braucht bloß auf dem Bildschirm einen General in Uniform zu sehen, schon schnauzt sie ihn an und nennt ihn Lammerding. Drecksack, schreit sie los, Mörder, du hast dir deinen Namen teuer erkauft! Und wenn sie auf der Hauswand gegenüber den Spruch FRANKREICH DEN FRANZOSEN liest, schnellt sie zielsicher durch sämtliche verworrenen Zonen der Erinnerung, mit denen so mancher seine liebe Not hat, sie aber landet geradewegs mitten auf einem Parteitag des PNF! Aber eine glückliche Landung ist es nicht, das kann ich Ihnen sagen. Es kommt vor, daß sie bruchlandet, das ist kein schöner Anblick, dann steckt sie mit einem Fuß hier und mit dem anderen in der Vergangenheit, und ihre Seele fliegt kopflos zwischen beiden hin und her.

Wenn ich versuche, meine Mutter zu verstehen, Herr Gerichtsvollzieher, dann stelle ich mir vor, es geht ihr ähnlich wie mir, wenn ich im Zug gegen die Fahrtrichtung sitze und eine seltsame Empfindung mich überkommt, als ob ich auf die Zukunft zuraste, die aber nicht vor mir, sondern hinter mir liegt, und als ob gleichzeitig die Vergangenheit auf mich zustürzte, um mich einzuholen. Können Sie mir folgen? Erscheinen meine Ausführungen Ihnen verständlich? Ich bin, fürchte ich, geistig nicht so gewandt. Ich möchte mich dafür entschuldigen. Ich entschuldigte mich unentwegt. Ich hätte mich für meine bloße Existenz entschuldigt, wenn sich die Gelegenheit dazu ergeben hätte. Wie die Armen. Arme Leute bitten ständig um Verzeihung, das ist maßlos aufreibend, und sie bedanken sich auch unentwegt in einem fort.

Im Klartext, Herr Gerichtsvollzieher, heißt das: meine Mutter ist verrückt, schloß ich.

Dazu kommt noch die materielle Not, die grauenhafte Langeweile und eine ständige, allumfassende Angst, Sie sehen schon, in welcher Situation wir uns befinden, Herr Gerichtsvollzieher. Doch er schien sie keineswegs zu sehen. Schwierig, Herr Gerichtsvollzieher, schwierig ist gar kein Ausdruck. Wenn Sie einen Ausweg wissen aus dieser Schei, Pardon, aus dieser scheußlichen Lage, einen anderen Ausweg als die Weltrevolution, meine ich, wäre ich Ihnen sehr zu Dank verpflichtet, wenn Sie ihn mir freundlicherweise mitteilen wollten. Ich redete wie ein Buch.

Wissen Sie, wer dieser Darnand war, den sie Ihnen ständig an den Kopf wirft? fragte ich den Gerichtsvollzieher, der gerade dabei war, das Holztäfelchen an der Wand rechts neben der Tür zu untersuchen, auf dem in gotischer Schrift der Satz eingraviert war: An meinen Besucher: *Entweder, mein Freund, kommst du zu spät, oder du verläßt mich zu früh.* Wissen Sie, wer dieser Darnand war?

5 Ein Ungeheuer, Herr Gerichtsvollzieher. Ein Ungeheuer, das abgesehen von der äußeren Erscheinung nichts Menschliches an sich hatte. Ein Ungeheuer, dessen Verbrechen meine Kindheit in Angst und Schrecken versetzten. Denn meine Märchen waren die Geschichten von Darnand und Putain, für mich waren Darnand und Putain grob gesprochen das, was für andere Kinder der böse Wolf, der menschenfressende Riese oder König Blaubart waren, genauso furchterregend, genauso übertrieben, genauso unwirklich, und die Geschichten von ihren schaurigen Schwänken, die ich mir schon als Kind nur mit einem halben Ohr anhörte, weil ich instinktiv spürte, daß ich mich davor schützen mußte, brannten tief in meiner Erinnerung schreckliche Bilder ein, die bis heute lebendig sind und mir nachts vor Augen treten und mich verfolgen.

Doch zurück zu diesem infamen Darnand. Infam ist selbstverständlich der Ausdruck meiner Mutter, es erübrigt sich wohl, das zu sagen, Darnand, von dessen Existenz die meisten Menschen gar nichts wissen. Kurzum, Herr Gerichtsvollzieher, Darnand ist der persönliche Feind meiner Mutter, er stellt in ihren Augen das entelechische Sinnbild des Bösen dar, Darnand, der, wenngleich er nicht die typischen erschreckenden Merkmale aufweist, den Leibhaftigen doch tausendmal besser verkörpert als jeder gehörnte Teufel. Mama, sagte ich, hat über Darnand eine Unzahl von Dokumenten und allen möglichen Informationen zusammengetragen und in einem etwas unorthodoxen Dossier gesammelt, das sie pausenlos mit Streichungen, Ergänzungen und Kommentaren versieht. Damit verbringt sie ihre Zeit.

Mama, die meine Worte gehört hatte, huschte in ihr Zimmer, begann in den Papieren zu kramen, die sich auf dem unscheinbaren Tischchen türmten, das sie großspurig ihren Schreibtisch nannte, und es gelang ihr, aus dem unübersichtlichen Berg eine vollgekritzelte Karteikarte hervorzuziehen. Dann kam sie ins Wohnzimmer zurück, nahm in ihrem bananenumgürteten schmutzigen Nachthemd Aufstellung, warf den Kopf zurück wie eine Darstellerin in einer griechischen Tragödie, stellte den linken Fuß leicht schräg vor den rechten und begann zu deklamieren: Name: Darnand, Vorname: Joseph, Spitzname: Jo oder Jojo, Funktion: Folterknecht, Geschlecht: männlich, hundertprozentig französischer Abstammung, verheiratet mit einer Französin, arische Herkunft mittels Schädelindex (Stufe 4) erwiesen, von mittlerer Körpergröße (1,67 Meter), hält sich vorzugsweise kerzengerade, um etwas größer auszusehen, besondere Kennzeichen: rechteckiger Schnurrbart in Briefmarkenformat oberhalb der Lippenspalte, die man schwerlich als Mund bezeichnen kann, das Wort Kloake wäre passender, Schädelform: kurz und rund, Gesichtsfarbe: dunkelbraun, dichte, schwarze Behaarung, samt und sonders Merkmale, die auf mannigfache Ähnlichkeiten mit dem Pedigree der unterworfenen Rasse schließen lassen.

Schlecht war es um uns bestellt, sehr schlecht, dachte ich mit Schrecken, als ich hörte, was meine Mutter da von sich gab. Ihr widerwärtiges Karteiblatt, das in jeder Hinsicht Anstand und gute Sitten verletzte, drohte den Vertreter des

Gesetzes endgültig abzustoßen. Ich wußte nicht, was ich tun sollte. Ob fälschlich oder zurecht hielt ich es für riskanter, meine Mutter zu unterbrechen, als die scheußliche Lektüre weiter über uns ergehen zu lassen. Also ließen wir sie über uns ergehen.

Weist bei der Rassenschau, fuhr Mama fort, ein kurzes, dickes Glied auf, von einer durchaus christlichen Vorhaut reichlich bedeckt, darunter kommen unsymmetrisch die beiden Hoden zum Vorschein.

Mama, ich! rief ich aus, wußte aber inmitten meines kastrierten Satzes nicht weiter, und diese Pause benutzte meine Mutter, um ihre unanständige Lektüre fortzusetzen.

Unzivilisiert und roh in seinen Umgangsformen. Schulische Erfolge: dürftig. Darnand benutzt selten abstrakte Begriffe. Lieblingsautor: hat keinen. Lieblingsmusiker: auch keinen. Nachhaltige Skepsis gegenüber künstlerischen Ausdrucksformen, dahinter stecke nur allzuoft *Der Jude*. Mehr sagt er zu diesem Thema nicht. Gänzlich unfähig, die Schönheit der Philosophie oder der Metaphysik zu erfassen. Hat auch im Erwachsenenalter noch mit enormen Schwierigkeiten beim Auswendiglernen bestimmter Wörter wie *Kriegsverwaltungschef* oder *Oberkriegsverwaltungsrat* zu kämpfen. Umgeht das Problem, indem er jedes Mal, wenn er mit einem der besagten Würdenträger zusammentrifft, *Heil* ausruft.

Geringe geistige Fähigkeiten also, bei gleichzeitig stark ausgeprägter Neigung sowohl zu körperlicher Folter als auch zu seelischen Torturen, was ihm ein Prickeln verursacht. Aber leider ist Darnand der Chef, Chef bleibt Chef, da hilft alles nichts, bekräftigt er immer wieder (liebt Tautologien), und ein Chef kann sich nicht jedes Vergnügen gönnen, er muß auch seinen Untergebenen etwas übriglassen, denn jede Arbeit verdient ihren Lohn, bekräftigt er immer wieder (liebt Sprichwörter), Lohn und Anerkennung, fügt er hinzu, denn Darnand ist kein Undankbarer, er weiß, womit er seinen Jungs eine Freude machen kann, wenn sie wieder einmal eifrig zu Werke gegangen sind: mit dem Knochen eines Widerständlers zum Beispiel oder

Mama! rief ich empört. Viel war das nicht, aber mehr brachte ich nicht heraus.

Überstrapaziert die Begriffe Ehre und Ehrlosigkeit. Das haben Lumpen so an sich. Wie auch Angehörige des Militärs. Zutreffendes bitte ankreuzen, meine Damen und Herren Geschworenen.

Begründer einer Miliz aus Mördern, denen die Brutalität ins Gesicht geschrieben steht, Darnand, ein Mann wie eine Eiche(l)

Mama, bitte, rief ich und wäre vor Scham am liebsten im Boden versunken. Die ordinäre Ausdrucksweise meiner Mutter sei gewissermaßen ontologisch bedingt, erläuterte ich dem Gerichtsvollzieher, und entziehe sich in bemerkenswerter Weise der Wirkung sämtlicher Neuroleptika. Mama ist ein Fall für die Wissenschaft, wiederholte ich. Herr Doktor Donque, bei dem sie regelmäßig in Behandlung ist, betont das immer wieder.

Darnand rekrutiert arme Teufel, setzte Mama ihre abernatürlichen Ausführungen unbeirrt fort, besser gesagt, Teufel, die arm sind, aus denen unter normalen Umständen unbehelligte Zuhälter, harmlose Gauner zweiter Klasse oder kleine Dealer und Bandenführer geworden wären, die kein Wässerchen getrübt hätten, aber so ... Naja, sie hatten eben kein Glück. Diese Rekruten, die er seine Jungs nennt, werden nach klaren Kriterien von ihm ausgewählt: sie müssen töten können wie ein Jäger und gehorchen wie ein Hund, zwei Eigenschaften, die man bei höher entwickelten Säugetieren selten in ein- und demselben Wesen vereint findet. Ich schwöre, plärren sie, sobald man ihnen Befehl zur Ausführung der fürchterlichsten Grausamkeiten gibt, deren Beschreibung ich dir erspare, Liebes, sonst sinkst du mir noch in Ohnmacht, und das will ich nicht. Wie Marodeure ziehen sie durch die Stadt, in grotesker Aufmachung, mit Pluderhosen, ein Barett aufs flache Hirn gedrückt, das wie ein Kuhfladen aussieht, wie ein großer Kuhfladen, präzisierte meine Mutter, ein großer Kuhfladen, der die Fliegen anlockt, sagte sie, dessen Anblick aber bei niemand Heiterkeit hervorruft, ganz im Gegenteil, sagte meine Mutter und verstummte plötzlich.

Wo hast du denn dein Barett gelassen? wandte sie sich scharf an den Gerichtsvollzieher, der gerade die häßliche Kommode, ein Erbstück meiner Großmutter, unter die Lupe nahm. Und sie brach in ein Gelächter aus, das gar nicht mehr enden wollte, weil sie krankheitsbedingt jeden ihrer Seelenzustände auf die Spitze treiben mußte, und ich, ich stimmte in ihr Gelächter ein, im Angesicht des Gerichtsvollziehers, der ungerührt blieb wie ein Denkmal von Stein.

Ich muß Ihnen das erklären, sagte ich zu ihm, nachdem ich den Lachanfall, dem ich blöderweise erlegen war, doch hatte unterdrücken können, verzeihen Sie bitte, Mama pro-

jiziert ihren Haß auf Darnand und seine Bluthunde größtenteils auf das Barett, das ihnen als Kopfbedeckung diente. Für meine Mutter ist ein Barett im Grunde ein metonymischer Gegenstand, sagte ich, durchdrungen von meinem Wissen, wobei die Häßlichkeit des Utensils in Wirklichkeit für die Häßlichkeit des Ganzen steht: die äußere und vor allem die innere Häßlichkeit, wie sie unter normalen Umständen kaum auszumachen ist. Das Barett, der unerotischste unter allen unerotischen Gegenständen, gehöre nämlich, behauptet sie, in unverzichtbarer Weise zur Tracht der häßlichen Herzen. Einem jeden Menschen, der ein solches Stück auf dem Kopf trage, müsse man unverzüglich mit Argwohn begegnen, versichert sie. Man brauche nur an Franco zu denken, an Saddam Hussein, an Monsieur Cousinet, unseren Nachbarn im fünften Stock, oder an diesen widerlichen Wagner, um nur die bekanntesten unter all den abscheulichen, hassenswerten Mitgliedern des garstigen Kuhfladenklubs zu nennen.
Für all jene, die von der blendenden Rhetorik meines Fräulein Tochter verunsichert sind und nicht mehr wissen, unter welcher Kopfbedeckung sie in Deckung gehen sollen, erklärte meine Mutter (mit wem sprach sie?), habe ich eine große Auswahl an Modellen aufgelistet: Hier haben wir zum Beispiel die Haube, einfach, mit Quasten oder Fransen, den orientalischen Fez, die schlichte Woll- oder Pelzmütze, den sogenannten Kopfschützer, den Sombrero, den Borsalino, die Schirmmütze aus Leder, Wolle oder Baumwolle, einfärbig oder gemustert, mit Punkten, Karos oder geblümt, sehr schick zu tragen, vor allem wenn man sie, wie meine Louisiane, verkehrt herum mit dem Schild

nach hinten aufsetzt, ferner das Kapuzenmützenmodell, Sie sehen: an Angebot fehlt es wahrlich nicht.

Wie ich bereits sagte, sagte meine Mutter, sind seine Jungs betont männlich. Sie haben einen stechenden Bart und Schwielen an den Händen. Müdigkeit und Erschöpfung kennen sie nur vom Hörensagen, und wenn ihnen mal die Knie schlottern, gießen sie sich einen hinter die Binde, und schon sind sie wieder voll da, Menschenskind, was soll's, da müssen wir eben ran. Beim Gehen strecken sie die Brust heraus, und auf Unterleibshöhe tragen sie ein Messer. Aus den Knopflochzwischenräumen ihres Khakihemds lugen frech ein paar Brusthaare hervor. Wie aufregend! Wo immer sie auftreten, rufen sie rasende Begeisterung bei den sogenannten Hausfrauen hervor, die in Hysterie verfallen bei den lauten Stimmen, den kräftigen Gliedern und dem rüpelhaften Benehmen.

Mama! warf ich ein. Aber meine Mutter, die längst erkannt hatte, zu welch grenzenloser Narrenfreiheit sich ihr Krankheitsstatus ausschlachten ließ, war, wie befürchtet, keineswegs geneigt, ihr Plädoyer abzukürzen.

In der Sexualität wie im Krieg erobern diese Bluthunde im Sturmangriff, stoßen dann weiter vor und machen schließlich kurzen Prozeß. Zufrieden geben sie sich erst, wenn sie ihr Opfer flachgelegt haben, nachdem sie ihm zuvor ohne viel Federlesens den Slip vom Leib gerissen haben. Kaum daß es vorbei ist, knöpfen sie sich den Hosenschlitz rasch wieder zu. Das Mädchen, das sie gar nicht erst entkleidet haben, liegt schluchzend auf dem Bett, in ihrem zarten Herzen erblüht die Liebe, und den eitlen Affen gefällt es sehr, wenn das Mädchen sie wirklich liebt und heiße Trä-

nen um sie weint. Jedoch im Augenblick des Abschieds stammelt das traurige Kind schüchtern ein paar Worte hervor, in denen leise etwas wie ein Vorwurf anklingt. Das fehlte gerade noch. Daß so ein Weibsstück ihnen eine Szene macht. Was bildet sich die Schlampe ein? Sie hat ihre Ladung abgekriegt, was will sie denn noch? Erst läßt sie einen anstandslos ran, und dann macht sie auf romantisch, billiges Flittchen.
Das Mädchen leidet darunter, wie eine Hündin behandelt zu werden, und stammelt wieder etwas, das diesmal wie ein richtiger Vorwurf klingt. Die hätte es verdient, daß ich ihr ein paar hinter die Ohren gebe, denkt der Mordskerl, während er in seine Hose steigt, darauf wartet dieses Luder doch nur, auf eine ordentliche Abreibung. Aber man kann nicht nach allen Mücken schlagen, wie es so schön heißt. Besser, er geht. Er spürt die kühle Klinge des Metalls an seinem Schenkel, das gemahnt ihn an seine Pflicht. Ich muß dann wieder, bis bald. Und wirft die Tür mit einem Fußtritt hinter sich zu. Gut, daß ich den los bin, schreit das Mädchen hinter ihm her, sie gibt sich zynisch in ihrer Verzweiflung, denn verzweifelt, das ist sie, das Kostbarste, was sie besaß, hat sie ihm geschenkt, und jetzt steht sie ganz schön angeschmiert da.
Nun kommt der wahrhaft orgiastische Moment für den Rohling, wo er sich mit seiner Ruhmestat vor seinen Kameraden aufspielen und ihnen jeden kleinsten Schönheitsfehler der Kellnerin, die ihn mit patriotischem Eifer empfangen hat, detailliert erörtern kann: Hängebusen, schlaffer Hintern, gelbe Schamhaare, aber was für ein Hüftstoß, Donnerwetter, was für ein feuriges Tempera-

ment, Donnerwetternochmal, ein Vulkan ist nichts dagegen, die hab ich durchgefegt, die Schlampe, das hättet ihr sehen sollen, die Eier wären mir fast abgefallen, Herrgottdonnerwetter, und rums und rein und rauf bis zum Hals, Himmeldonnerwetter Menschenskind, so ein geiles Luder! Nun, da er sich erleichtert hat, kann sich der Geist des Buben endlich dem zuwenden, was ihm heilig ist: der Liebe zu seinem Chef. Denn treu ergeben, versicherte Mama, sind alle Folterknechte ihren Vorgesetzten. Wie es sich gehört.

Diese Maulhelden mit ihrer struppigen Seele, setzte sie fort und brach in ein unseliges, schallendes Gelächter aus, daß sich ihr Schwabbelbauch mitsamt der gräßlichen Banane hob und senkte, diese hartgesottenen Kerle legen ihren ganzen Ehrgeiz darein, ihr armseliges Leben als armselige Krämer zu beenden, ein süßes kleines Auto anzuschaffen, ein süßes kleines Weib zu ehelichen und vier süße kleine Fratzen zu zeugen, die sie herumkommandieren können, Herrgottnochmal, als Vater muß man sich Respekt verschaffen, Himmelherrgottnochmal, richtige Dresche von Zeit zu Zeit, damit sie wissen, wer der Herr im Haus ist, steh ordentlich, du Trottel, Kindererziehung ist kein Kinderspiel, man kann sich doch nicht auf dem Kopf herumtanzen lassen, würde man nicht an sich halten, könnte einem manchmal glatt

Alle Schlächter, sagte Mama, träumen davon, mit Respekt behandelt zu werden, das ist wirklich eigenartig. Sie träumen davon, möglichst rasch die Achtung der Bürgerschicht zu erlangen, die ihnen bislang nur mit der größten Verachtung begegnet ist. Doch diese Genugtuung werden

ihnen die Bürger nie erweisen, nie im Leben, hörst du, so mächtig und gefürchtet können sie gar nicht werden, als daß sie nicht immer Außenseiter blieben. Die wirklich großen Dinge, sagt Epikur, kann man sich nicht erkaufen. Diesen Satz, Liebes, sage ich mir jedesmal vor, wenn ich den Kühlschrank öffne.
Mama, du wirst dich überanstrengen, sagte ich matt. Aber wenn sie dabei war, ihren Schwachsinn zu verbreiten, überanstrengte meine Mutter sich nie.
Darnand, der Anführer ihrer Bande, fuhr sie fort, nachdem sie sich eine Zigarette angezündet hatte, steht auf seine Garnisonserinnerungen, auf Bohneneintopf und den Geruch nach kalten Fürzen in den Stuben. Er selbst läßt seine lautlosen Winde fahren, wann immer einer ihn drückt, allerdings nur, sofern kein deutscher Offizier zugegen ist, denn der Deutsche furzt grundsätzlich nicht, bemerkte Mama, der Deutsche ist nämlich kein Mensch, sondern ein Monstrum, stellte sie fest.
Mama, stammelte ich, schamrot im Gesicht.
Nach dem Kaffee, zu dem er sich einen kleinen Cognac genehmigt, stimmt Darnand gerne ein Liedchen an: *Tiens, voilà du boudin* oder *La Madelon*. Er kann sämtliche Strophen auswendig. Im Grunde seines Herzens ist er ein jovialer Charakter. Jovial: das ist das Wort, nach dem ich gesucht habe, freute sich meine Mutter.
Manche Wörter klingen seinen musikalischen Ohren wie eine Hymne auf das Vaterland. Es sind dies Wörter wie Pastis, pinkeln, Papa, Piephahn, Puff, pudelnackt, patriotisch, Parade, Pistole. Zu meinem größten Bedauern ist die Liste unvollständig.

Die ordinären Ausbrüche meiner Mutter, entschuldigte ich mich verlegen beim Gerichtsvollzieher, der mit vorbildlicher Gelassenheit den Inhalt der häßlichen Kommode bis ins Kleinste untersuchte, diese ordinären Ausbrüche sind nur auf die kombinierte Wirkung von Schlaflosigkeit und Kummer zurückzuführen, Monsieur, wollen Sie bitte keinen Anstoß daran nehmen. Obwohl es nicht so aussieht, ist meine Mutter ein durch und durch harmloses Geschöpf, ein richtiges Unschuldslamm, Herr Gerichtsvollzieher, und sie schreit nur, weil sie Angst hat, sie schreit, um ihre eigene Angst zu überspielen, damit sie nicht merkt, daß sie Angst hat, das habe ich im Lauf der Zeit herausgefunden. Jetzt gerade fürchtet sie sich beispielsweise vor Ihnen, Herr Gerichtsvollzieher, ich sehe es ihr an, sie fragt sich wahrscheinlich, wer Sie sind, ob Sie auch ein Schlächter sind, vielleicht der Mörder ihres Jean? Ihre Angst rührt daher, daß sie sich andauernd irgend etwas vorstellt, und in ihrer Vorstellung geschehen die schlimmsten Dinge. Deshalb, Herr Gerichtsvollzieher, fürchtet meine Mutter sich, sie fürchtet sich vor allem, sogar vor Gott, den sie in ihrem Wahn bisweilen mit Putain anredet, sie fürchtet sich vor mir, ihrer Tochter, sie fürchtet sich vor sich selbst, es gibt nichts, wovor sie sich nicht fürchtet, als wäre alle Angst der Welt in sie hineingekrochen und hätte sich in einem unvorstellbaren Ausmaß ausgebreitet.
Und diese Angst, dachte ich, hat sie auf mich übertragen. Auch ich habe Angst, vor den Männern, vor der Nacht, in der Gespenster umgehen, vor Marschall Putain, den meine Mutter unter den Lebenden wähnt, und vor den Geräuschen der Welt da draußen habe ich auch Angst. Meine

Angst ist so groß, daß ich mich in diesem Loch von Wohnung verbarrikadiere, wo keine Menschenseele sich je herverirrt, wo wir ständig allein sind, ich und meine Mutter, die sich für die Witwe ihres vor über fünfzig Jahren verstorbenen Bruders hält, meine untröstliche und obendrein verrückte Mutter, die ich ihrem Zustand entsprechend behandeln muß, nämlich schlecht, indem ich sie einsperre und mit Drogen vollpumpe, aber was bleibt mir denn anderes übrig?, meine Mutter, deren Schreie mich Nacht für Nacht aus dem Schlaf reißen, wenn sie immerzu brüllt: Warum nur, warum? und ich verschlafen murmle: Warum was? und ich die Antwort auf meine Frage in meinen Träumen erhalte, die ich aber nicht verstehe, meine Mutter, für die ich mich schäme und die ich vor den Leuten verstecke, sogar vor Nelly, ich habe es wirklich nicht leicht, meine Mutter, deren Krankheit ich vertusche, als könnte ich sie damit auf wundersame Weise heilen, aber leider ist das Gegenteil der Fall, meine Mutter, die behauptet, nicht um einen Menschen zu trauern, sondern um die gesamte Menschheit, können Sie sich das vorstellen?, und die ihre Tage damit zubringt, Erinnerungen auszugraben, aus denen ein Todeshauch aufsteigt, kannst du deine Erinnerungen nicht endlich ruhen lassen, sage ich zu ihr, aber das kann meine Mutter nicht, Herr Gerichtsvollzieher, ihre schreckliche Erinnerung läuft ihr nach wie eine Hündin und springt ihr ans Bein, meine Mutter, die ich beaufsichtigen muß wie ein Kind, mach dies, tu das, schlaf, beruhig dich, meine Mutter, die ich füttern muß, die ich bestrafen muß, aus Prinzip und um mich zu rächen, ich erkläre Ihnen das später, die ich beschützen muß vor den Soldaten der Miliz, die nachts bei ihr eindringen und sie mit Fußtritten in den Bauch wecken und sie schikanieren, denn meine Mutter, Herr Gerichtsvollzieher, ist mein Kind, meine Mutter, die vierzig Jahre älter ist als ich, ist mein Kind, und ich muß sie erziehen. Glauben Sie mir, ich könnte gut darauf verzichten.

Ich habe vor allem möglichen Angst, vor Ratten und Spinnen und ganz besonders vor Schlangen, ich glaube, ich würde auf der Stelle tot umfallen, wenn einer dieser Araber von der Place Jema el-Fna, von denen Jawad immer erzählt, mir so eine kalte, klebrig feuchte Klapperschlange um den Hals legte. Erst gestern vertraute ich Nelly an, daß ich manchmal von einer langen, sich windenden Schlange träume, die mit lautlosen Bewegungen auf mein Bett zukriecht und mich unter entsetzlichen Qualen erstickt. Worauf Nelly in ihrer direkten Art trocken bemerkte: Die Schlange ist der Schwanz. Ich hätte zwar keinerlei Erfahrung in geschlechtlichen Dingen, wandte ich ein, aber das könne sie mir nicht einreden, daß sich ein Schwanz im Zickzack vorwärtsschlängle wie eine Spaghettinudel!

Ich habe vor allem möglichen Angst, vor dem Gerichtsvollzieher, der hier vor mir steht mit seiner Aktentasche und seinem Ohrfeigengesicht, und ich habe, wie ich gestehen muß, sogar vor meiner Mutter Angst, wenn sie mich, was immer öfter der Fall ist, anstarrt, ohne mich zu erkennen, wenn sie mich mit ihren irren Augen anstarrt, in denen eine Anschuldigung zu lesen ist für etwas, das ich nicht getan habe, und ich ihr sagen muß: Ich bin's, Louisiane, deine Tochter, hab keine Angst, Mama, ich bin's, es passiert dir nichts, damit sie mich in ihrem glühenden

Wahn nicht, wie ich manchmal befürchte, für Corinne Luchaire oder sonst eine Schlampe hält und auf mich losgeht.

In diesem Augenblick jedoch hielt meine Mutter mich weder für Corinne Luchaire noch für Eva Braun. Sie trug mir unverdrossen ihre Notizen vor, um zu meiner Bildung beizutragen, das behauptete sie jedenfalls, ich lehre dich Geschichte, denn bald werde ich sterben, die Münder der letzten Überlebenden werden zu Staub zerfallen, und dann wird niemand mehr da sein, um dich über die Paralipomena des sich seinem Ende zuneigenden Jahrhunderts aufzuklären. Die Paraliwas? All die Schreckenstaten, mein Kind, die uns aus der Tiefe der Erde entgegenschreien. Ich aber wünschte mir nur eines, daß sie nie wieder von diesem Darnand oder diesem Putain oder einem anderen dieser Schweinehunde anfangen möge. Mein Bedarf an ihren Geschichten von der guten alten Zeit, die wie das Amen im Gebet mit sechs Millionen Morden endeten, war gedeckt, die kannte ich bereits zur Genüge. Die Geschichten, die mir gefallen, das ist sehr schnell erklärt, müssen alle von einer unmöglichen Liebe handeln.

1943, fuhr meine Mutter fort, wird Darnand aufgrund seiner verbrecherischen Gesinnung, die damals sehr gefragt war, zum Polizeichef ernannt. Seine rechtmäßig Angetraute, mit anderen Worten die Frau, mit der er garantiert nie Unzucht treibt, weint vor Freude, als er Putain den Eid schwört. Und an dem Tag, an dem er zum symbolischen Mitglied der Waffen-SS gemacht wird, und zwar im Rang eines Sturmbannführers, wird seine offenkundig zart besaitete Frau Gemahlin von Schluchzern geradezu geschüttelt, wie schön er ist, wie stark er ist, welch männliche Kraft von seiner wertgeschwitzten Person ausgeht, und all die Medaillen auf seiner Brust, so hübsch anzusehen! Darnand schwört dem Führer in SS-Uniform Treue und Gehorsam bis in den Tod. Und wieder bekommt die Frau Gemahlin Gelegenheit, Tränen der Rührung zu vergießen, als er ihr Ribbentrops Worte überbringt: Ich freue mich unendlich, die Bekanntschaft eines Mannes gemacht zu haben, der hundertprozentig mit dem deutschen Wesen übereinstimmt.

Darnand erklärt sich bereit, hinzuscheißen, Verzeihung, verbesserte Mama sich, hinzuscheiden für das Vaterland. Einziges Motto zu seiner (des Vaterlandes) Verteidigung: Mord. Einzige Vorgehensweise: Mord. Und der Erfolg gibt dir recht! Dank seines bemerkenswert einfachen Strickmusters ist dieses politische System gemäß dem universellen Prinzip, wonach der Mensch das Denken verabscheue, zumal dieses beständig zu nichts anderem führe als zu Verunsicherung und Haarspalterei, ist dieses politische System also dazu angetan, die Massen zu verführen.

Wenn du weitere zweckdienliche Angaben zur Person deines Chefs machen willst, sagte meine Mutter zum Gerichtsvollzieher, hast du jetzt Gelegenheit dazu.

Und du hast jetzt Gelegenheit, augenblicklich ins Bett zu gehen, fiel ich ihr scharf ins Wort.

Meine Mutter warf mir einen verängstigten Blick zu und tat, als wollte sie in ihr Zimmer zurückgehen.

Bei uns zu Hause, Herr Gerichtsvollzieher, habe ich das Sagen, wie Sie sicher bereits bemerkt haben werden. Ich kümmere mich um die Finanzen (die sich auf ganze 3 000

Franc im Monat belaufen, die Summe, die meine Mutter als Invalidenrente ausbezahlt bekommt). Ich verfüge über das Scheckheft. Budget, Verwaltung und Kontrolle sind meine Ressorts. Wie auch die Bilanzierung von Soll und Haben. Ein für das Nervensystem äußerst schädlicher Rechenvorgang. Wollte ich diese Dinge aber meiner Mutter überlassen, gäbe das, gelinde gesagt, ein Chaos. Daher führe ich sie am Gängelband, Monsieur. Etwas anderes bleibt mir gar nicht übrig. Ob diese Last zu schwer für meine zarten Schultern ist, fragen Sie sich? Um Ihnen die Wahrheit zu sagen: nein. Ich empfinde sogar ein unverhohlenes Vergnügen dabei, meine Mutter zu kommandieren. Ich glaube für den Despotismus gewisse Voraussetzungen mitzubringen, worauf ich mir durchaus etwas einbilde. Diese Gabe soll, wie man mir gesagt hat, einen Schlüsselfaktor im Kampf um sozialen Aufstieg darstellen, ich wiederhole die Worte von Monsieur Cousinet, unserem Nachbarn im fünften Stock, denn die Tür zum Erfolg ist schmal, wie besagter Herr weiß, und nur wenige schaffen es, durch diese Tür zu gehen. Leider kann ich meine despotische Begabung aber nur auf dem Rücken einer einzigen Person, meiner Mutter eben, austragen. Das ist sehr bedauerlich. Meinen Sie, ich kann mich verbessern, Herr Gerichtsvollzieher? Ich hoffe es sehr.

Der Gerichtsvollzieher, der einen bemerkenswerten Sinn für Zurückhaltung besaß, blickte mich mit seinen kleinen, ausdruckslosen Augen an. Und in jenem kalten, unpersönlichen und gleichbleibenden Ton, der mir der Gipfel der Distinguiertheit zu sein schien (wahrscheinlich weil er so anders klang als unser eigener manchmal jammernder, oft kreischender, immer übertriebener Singsang), erkundigte er sich, während er seine Brille mit Goldrand zurechtrückte: Aus welchem Jahr stammt Ihr Fernsehgerät?

6

Am Vortag hatte ich kurz in Erwägung gezogen, den Fernseher zu Nelly zu bringen, um ihn bei ihr zu verstecken. Er durfte unter keinen Umständen auf die Pfändungsliste kommen. Aber dann hatte ich es doch bleibenlassen. Ein so schweres Ding konnte ich unmöglich allein transportieren.

Anschließend hatte ich den Abend, zumindest teilweise, damit zugebracht, von einem unmöglichen Wunder zu träumen, und kraft meines Wünschens irgendeine weitreichende Katastrophe herbeizusehnen, die mich vor meinem privaten Unglück bewahren würde: Hätten doch sämtliche Häuser im Viertel einstürzen und ich aus den Trümmern geborgen werden, hätte die Erde beben oder ein gigantisches Hochwasser alles fortschwemmen mögen, den Gerichtsvollzieher und seinen Pfändungsbeschluß und seine Aktentasche voller Drohungen und, wenn wir schon mal dabei waren, auch gleich meine Mutter. Ich konnte mir nicht helfen, aber das Erscheinen eines Gerichtsvollziehers schien mir ein unheilvolles Zeichen zu sein, eine Art Ordnungsruf aufgrund unseres doch sehr eigenwilligen, um nicht zu sagen abnormen Lebenswandels.

Da der Schlaf nicht kommen wollte, kuschelte ich mich in meiner Lieblingsstellung in die Kissen: eine Hand auf der Fernbedienung, die andere auf meinem Venusberg. Was würde nur aus uns werden, dachte ich, wenn wir nach erfolgter Pfändung auch noch die Wohnung räumen müßten, wo sollte ich denn hin mit dieser Irren?

Nur nicht an morgen denken, redete ich mir vor. Wenn ich an morgen denke, sehe ich immer gleich eine wilde Strömung vor mir, die mich mitreißt und auf etwas Kaltes zutreibt, auf etwas Dunkles, das ich mir nicht vorstellen kann und dessen Formen mich allenfalls an einen riesigen Tintenfisch erinnern, was vollkommen absurd ist. Nur nicht an die Zukunft denken, dachte ich, die sich selbst den günstigsten Prognosen zufolge noch grimmig abzeichnet. Nur nicht an die Vergangenheit denken, die, wenn ich meiner Mama Glauben schenken darf, von großer Häßlichkeit war. Woran kann ich überhaupt noch denken? fragte ich mich laut. Ich habe große Sorgen in der Fabrik, klagte der Mann im dunkelblauen Anzug auf dem Fernsehschirm, den ich inzwischen eingeschaltet hatte. Davon verstehst du nichts, warf er der Frau hin, die sehr ergeben aussah und eine perfekte Frisur hatte (diese beiden Attribute scheinen mir bei Personen weiblichen Geschlechts aus unerfindlichen Gründen zusammenzugehören). Der Mann setzte ein überlegenes Lächeln auf und unterstrich jedes seiner Worte durch ein Kopfnicken, um wenigstens seinen Gesten die Ausdruckskraft zu verleihen, die er mit seinem Herzen nicht aufzubringen vermochte. Ich verstehe, murmelte die Frau, die, wie bereits erwähnt, frisch vom Friseur kommen mußte. Und ohne jede weitere Ein- oder Überleitung neigten sich die beiden unzerzausten Köpfe einander zu, um einen Kuß zu tauschen, den der Kameramann, der Blödian, von hinten aufgenommen hatte.

Ich verfolge die diversen Kußvarianten im Film immer mit besonderer Aufmerksamkeit. Meine Neugier in dieser Hinsicht ist, wie ich gestehen muß, schier unersättlich. Mit leidenschaftlichem Interesse beobachte ich, ob der Schauspieler seine Partnerin neben, über oder unter den Mund küßt (was zu meinem größten Leidwesen meistens der Fall ist), ob der Kuß lediglich aus einem Mund-zu-Mund-Kontakt besteht (wobei es unterschiedliche Stufen von Druck, Saugintensität, Haftung und Feuchtigkeit gibt), oder ob sich die Zunge bis in die Mundhöhle des Gegenübers vorschiebt, wie bei dem Kuß, den Jessica Lange in *Wenn der Postmann zweimal klingelt* von Jack Nicholson bekommt, oder bei einem anderen Kuß, den ich neulich in *Trainspotting* verfolgt habe. Letztgenannte, zweifelsohne die interessanteren, stellen aber leider die Ausnahme dar.

Jedoch der Zauber wurde gebrochen, weil der Mann im dunkelblauen Anzug seine vorteilhafte Position in bezug auf den Hals der Frau mit der frischen Frisur nicht auszubauen verstand, genausowenig wie auf ihren Busen, der allem Anschein nach von beträchtlichem Umfang sein mußte. Mit Blitzgeschwindigkeit entarmten sich der Mann im dunkelblauen Anzug und die frischfrisierte Frau, als wollten sie möglichst rasch zu einem Ende kommen, obwohl der Inhaltsangabe der Programmzeitschrift etwas völlig anderes zu entnehmen gewesen war: Um seine gescheiterte Beziehung mit Pattie, seiner großen Liebe, zu vergessen, stürzt sich Danver Hals über Kopf in seine Arbeit. Doch da taucht Diana auf, die Schwester seines größten Rivalen in der Firma, Sammy. Dieser will mit allen Mitteln verhindern, daß seine Schwester sich in Danver verliebt, Racine ist wirklich nichts dagegen. Als Sammy seine Schwester Diana und Danver in einer leidenschaftlichen Umarmung überrascht, spitzen sich die Dinge zu ...

Zu diesem Thema muß ich leider Gottes feststellen, daß Filmküsse sehr oft in einem solchen Eilzugstempo erledigt werden, daß der Zuschauer dabei, wenn der Ausdruck gestattet ist, auf der Strecke bleibt. Es ist wirklich ein Jammer. Denn eines muß ich unumwunden zugeben: Wenn man zu nächtlich vorgerückter Stunde, zu einer Zeit, wo der abgekämpfte Geist nichts anderes will als sich zerstreuen, im Fernsehen sieht, wie zwei sich küssen, ist das ein wahrer Trost, die verdiente Erholung nach einem nicht enden wollenden Tagwerk, die Krönung des Tages, seine Apotheose, möchte ich beinahe sagen, aber selbstverständlich nur dann, wenn sie sich langsam küssen, langsam, sehr sehr langsam, mit sehnender, verzehrender Langsamkeit, langsam und lang, leise lodernd, lechzend, leckend, lüstern, lasziv und unbedingt *lingual*, und natürlich lyrisch, und ein Zittern muß sie überkommen, eine tiefe Ergriffenheit, eine unerklärliche Verwirrung.

Filmküsse weisen überdies eine ganze Reihe von Vorteilen gegenüber dem richtigen Leben auf: Sie bringen die Frisur nicht in Unordnung, irritieren nicht die Haut der glatt gepuderten Wangen, verschmieren nicht die gesamte Mundgegend mit Lippenstift, was häßlich und, seien wir doch ehrlich, ausgesprochen grotesk aussieht, vor allem aber verzerren sie nicht das Gesicht zu grauenhaften Grimassen in genau dem Augenblick, wo das Antlitz sich verklären müßte von dem hehren, göttlichen Strahlen der Liebe.

Dennoch, ich komme noch einmal darauf zurück, weil mir diese Sache wirklich wichtig erscheint, entpuppen sich Filmküsse meist als herbe Enttäuschung, weil sie zu kurz ausfallen, hingeschludert, um nicht zu sagen stümperisch, das ist der Vorwurf, den ich gegen sie erhebe, und das ist, nebenbei bemerkt, auch der Grund dafür, daß die Ein-

schaltquoten drastisch sinken, was für eine Vergeudung! Hingegen können die Küsse, die Nelly und Jawad tauschen, um nur ein Beispiel zu nennen, eine Stunde fünfunddreißig Minuten und sogar noch länger dauern, so lange wie eine Kinovorstellung. Wo war ich stehengeblieben? Die Küsserei hat mich ganz aus dem Konzept gebracht. Ach ja, das wohlfrisierte Pärchen löste sich, wie gesagt, aus der Umarmung, und die Frau gab sofort wieder ihre schwachsinnigen Meldungen von sich, als wäre der Kuß spurlos an ihr vorübergegangen, ohne tiefgreifende Veränderungen in ihrem Wesen herbeizuführen, ihre Stimme klang so ruhig und regelmäßig wie zuvor, und ihr Gesichtsausdruck war unverändert doof, da half die ganze Schminke nichts, von einem süßen Sehnen, bei dem jede Bewegung schwer wird wie unter dem Gewicht eines übergroßen Glücks, war ihr nicht das geringste anzumerken, und in ihren Augen lag nicht dieses besondere Strahlen, das ich bei Nelly beobachtet habe, wenn sie sich von Jawad löst, ein Strahlen wie das der Sonne, nur ohne Sonnenschein, ich rede schon wieder wie ein Wasserfall.
An all dem konnte ich also erkennen, daß die Schauspieler nur einen Scheinkuß getauscht hatten. Diese Leute waren einfach zu blöd dazu, ein so unverhofftes Glück beim Schopf zu packen. Wahrscheinlich waren sie verheiratet. Wahrscheinlich waren ihre Ehepartner altmodische, von den Hollywoodsitten noch unverderbte Menschen, rasend und hilflos eifersüchtig, die sie während der Dreharbeiten keine Sekunde aus den Augen ließen.
Vor dem Einschlafen mußte ich wieder an den Pfändungsbescheid denken, den ich zwei Tage zuvor erhalten hatte.

Ich mußte unter allen Umständen versuchen, mich beim bevollmächtigten Gerichtsvollzieher einzuschmeicheln, sagte ich mir immer wieder, um ihn zu erweichen, um ihn gnädig zu stimmen, um zu erreichen, daß er die Vollstreckung aufschob oder, besser noch, ganz aufhob. In meiner damaligen Naivität, in meiner Blödheit, muß ich sagen, überschätzte ich die Befugnisse eines Gerichtsvollziehers bei weitem. Mit allen Ehren, schwor ich mir, würde ich ihn in unserem Heim empfangen, mit ausgewählten Formulierungen und exquisiten Manieren, und ich würde auf einen fehlerfreien Diskurs achten und besondere Sorgfalt walten lassen bei den Fällen, meinem Schwachpunkt in der Grammatik. Erst sehr viel später habe ich begriffen, daß ein derart liebenswürdiges Verhalten nicht nur vollkommen sinnlos, sondern auch von Grund auf lächerlich ist, daß man bei solchen Leuten weder mit idiotischem Lächeln noch mit verqueren Höflichkeitsformeln etwas erreicht, in denen ich mich, wie wir noch sehen werden, bis zur Erschöpfung ergehen sollte, sondern nur mit Herablassung, nur mit Verachtung. Und mit Gemeinheit.
Erinnern Sie sich an das Kaufdatum? wiederholte der Gerichtsvollzieher, der immer noch vor dem Fernsehapparat stand, als hätte er einen Besenstiel verschluckt.
Ich nahm meinen ganzen Mut zusammen. Um nichts auf der Welt wollte ich mich von einem Gerät trennen müssen, das mir das wissenschaftliche Studium der einzelnen Kußvarianten und anderer sexueller Verhaltensweisen ermöglichte, die mir trotz meiner mannigfachen Versuche, mich auf diesem Gebiet zu instruieren, ein vollkommenes Rätsel blieben. (Ich habe nämlich stark ausgeprägte sinn-

liche Neigungen, und die Kluft zwischen der Intensität dieser Neigungen und dem totalen Fehlschlag beim Versuch, diese in die Praxis umzusetzen, macht mir unendlich zu schaffen.)

Ich fürchte, Herr Gerichtsvollzieher, ich muß Sie davon in Kenntnis setzen, daß die Pfändung dieses Apparates meine Mutter in grauenhafte Alpträume zu stürzen droht, meine Kühnheit erstaunte mich selbst, denn dieser banale Gegenstand, sagte ich und deutete schulmeisterlich auf den Fernseher, übt auf den versehrten Geist meiner Mutter einen wahrlich prophylaktischen, beinahe möchte ich sagen belebenden, aufputschenden und keineswegs zu unterschätzenden Einfluß aus. Angesichts eines solchen Ungleichgewichts, fand ich, konnte eine kleine Erpressung nicht schaden. Und erläuterte ihm die zahlreichen Vorteile, die meiner Mutter aus dem Vorhandensein eines derartigen Medikaments erwachsen konnten. In der Tat ist es ihr dadurch möglich, führte ich ins Treffen, sich stundenlang mit der Mattscheibe zu unterhalten, was ihrem kranken Hirn guttut, denn diese Gespräche wirken aufgrund des unüberbrückbaren gegenseitigen Unverständnisses, das uns beide voneinander trennt, weitaus besser, als wenn sie sich mit mir unterhält.

Meiner Mutter, die es seit geraumer Zeit für entwürdigend hält, aus dem Haus zu gehen, meiner Mutter, die seit der Ermordung Bousquets jede Gesellschaft meidet, wie? Sie verstehen nicht, was die Ermordung Bousquets damit zu tun hat? Ich will es Ihnen gleich erklären!, meiner Mutter, die also völlig abgekapselt in ihrem Zimmer lebt wie in einem Bunker, gibt das Fernsehen darüber hinaus die

Sicherheit, daß sich die Welt noch dreht und weiter verdreht. Paradoxerweise, Herr Gerichtsvollzieher, vermittelt das Fernsehen meiner Mutter in ihrem immateriellen und schimärischen Dasein ein Gefühl von Stabilität und Realität, ich weiß nicht, ob ich mich verständlich machen kann, es steht gewissermaßen wie ein Leuchtturm in der Nacht ihres Geistes (obwohl ich es immer abstreite, habe ich eine Schwäche für poetische Bilder), es ist ein Orientierungspunkt auf dem Festland, etwas Beständiges, was allzeit bereitsteht und sich praktisch nicht verändert (jeden Tag derselbe müde Brei, korrigierte ich mich innerlich), etwas, woran sie sich klammert, um sich vor den Schwindelattacken und Abstürzen zu schützen, von denen ihre Seele ohne Unterlaß bedroht ist.

Manchmal aber kommt es vor, daß meine Mutter, die ihre Meinung wechseln kann (wie ihre Wäsche, wäre mir unbesonnenerweise beinah herausgerutscht) und in der Lage ist, mehreren widersprüchlichen Meinungen gleichzeitig anzuhängen, es kommt also vor, daß meine Mutter plötzlich an der Realität der Welt zweifelt, die sie auf dem Bildschirm sieht. Mir scheint, Liebes, vertraut sie mir dann an, diese Welt ist nicht echt. Mir scheint, das ist nur eine Fernsehserie mit lauter Statisten in einem riesigen Studio, in dem die WELT naturgetreu nachgebildet wurde, wo Folge um Folge von einem abscheulichen Regisseur gedreht wird, vielleicht von Putain oder von Darnand oder einem anderen dieser Schweine oder, noch schlimmer, von einer diabolischen, okkulten Macht, gegen die nichts und niemand etwas ausrichten kann, auf jeden Fall muß diese Person oder diese Instanz oder was immer es ist, sagt meine

Mutter, eine Schwäche für Actionfilme haben, in denen jede Menge Tote vorkommen und Kriege und Zerstörung und Stunts, und in denen das Blut in Strömen fließt.
Dieser Regisseur, meint meine Mutter, engagiere in regelmäßigen Abständen versierte Psychiater, um die unbezahlten Statisten bei Laune zu halten, die man je nach Bedarf als Krieger, Bettler, Opfer oder Täter, als alles mögliche kostümiere, und weil ihnen diese Tätigkeit mit der Zeit auf das Gemüt schlage, müsse ihnen gelegentlich Prozac verabreicht werden. Diese Statisten, behauptet meine Mutter, sie spinnt wirklich hochgradig, gingen sogar so weit, an einer fingierten Kriegsfront ihren eigenen Tod zum besten zu geben, während irgendein Offizier, der General Lammerding zum Verwechseln ähnlich sehe, der trauernden Witwe eine Neusilbermedaille und einen Scheck über 15 000 Franc überreiche.
Außerdem, sagte ich zum Gerichtsvollzieher, der in Ermangelung der gewünschten Antwort meinerseits mit peinlicher Sorgfalt die Lampe auf der Anrichte untersuchte und mit einem Stirnrunzeln in seinem Notizheft vermerkte: Tischleuchte: Fuß mit allegorischer Darstellung eines Weinstocks, Holzimitat, Schirm aus gelbem Papier, auf einer Seite Brandflecken, außerdem behauptet Mama, das Fernsehen eröffne ihr das Universum, worüber sie in grenzenloses Entzücken geraten kann. Es ist nämlich so, daß diese Flimmerkiste ihr das Gefühl vermittelt, ein winziges Teilchen des Großen Ganzen zu sein und mit Haut und Haar in der Allumfassenden Liebe aufzugehen. Mama glaubt an diese Riesenlüge, versetzte ich sarkastisch (das beruhigte meine Nerven), insbesondere wenn sie sich die

Softpornoschinken ansieht, die spätabends in M6 ausgestrahlt werden, erbärmliche Lutsch-und-Knutsch-Orgien in erbärmlichen Dekors, dabei dachte ich immer, Ausschweifung müsse in einem luxuriösen Ambiente vor sich gehen, aber wie immer, vor lauter Ausschweifung schweife ich ab, bitte verzeihen Sie. Wo war ich gleich? Ach ja, bei der Allumfassenden Liebe. Mama glaubt mit der Kraft ihres ganzen Herzens daran, und dies, obwohl sie täglich Gelegenheit hat, sich vom grausamen Gegenteil zu überzeugen. Sie müssen nämlich wissen, sagte ich ironisch, meine Mutter ist unheilbar romantisch, dagegen ist die Schulmedizin, soviel ich weiß, machtlos. Vereinigung der flimmernden Seelen, Liebe und ewige Harmonie, an solcher Süßholzraspelei ergötzt sich meine Mutter. Und es macht ihr auch nichts aus, wenn dieses degoutante Gedankengut in ihrem Kopf in Widerstreit gerät mit ihrer nicht weniger unerschütterlichen Vorstellung von der Häßlichkeit der Welt im allgemeinen und der Putains im besonderen, denn in ihrem romantischen Herzen liebt sie Seelenqualen bis zur Weißglut, und sie liebt sie nicht nur, sie entfacht und schürt sie sogar, es ist die reinste Hölle.

Ich muß hinzufügen, fuhr ich im Brustton der Überzeugung fort, denn ich hatte nicht vergessen, daß ich in Wirklichkeit voll List und Tücke meine eigenen Interessen vertrat, ich muß hinzufügen, daß ihre sehr persönliche Sicht der Televisionen ihr Denkvermögen im Hinblick auf die sogenannten letzten Fragen fördert und schult. Das Fernsehen bekräftigt sie in ihrer Sichtweise, oder vielmehr in ihrer Phantasichtweise, und stellt ihre wackeligen Theorien auf einen festen Boden, Sie wissen schon, ihre ewigen haarsträubenden Geschichten, Putain dies, Darnand das, für sie ist das ein Hobby, der Bürgerkrieg liege in den Anfängen, der Ideenhandel befinde sich, genau wie der Waffenhandel, in den Händen einer internationalen Mafia aus Kollaborateuren, die den gesamten Bereich der Leergüterindustrie streng kontrolliere, übrigens ein sehr florierender Wirtschaftszweig, diese Leergüterindustrie, versichert sie, es ist immer dieselbe Litanei, Herr Gerichtsvollzieher, ich höre schon gar nicht mehr hin. Der Gerechtigkeit halber muß ich aber zugeben, daß diese Spekulationen, wenngleich an den Haaren herbeigezogen, eine beruhigende Wirkung auf meine Mutter ausüben, wie sie sonst nur durch die Einnahme von Tranxene zu erzielen ist. Ich schließe daraus, sagte ich kompetent, daß Denken, entgegen der landläufig weit verbreiteten Ansicht, dem Menschen guttut.

Ich will nicht lange um den heißen Brei herumreden, Herr Gerichtsvollzieher, ich war hingerissen von meiner Dreistigkeit, und sage es Ihnen rundheraus: Dieses Gerät, das man uns in böser Absicht zu konfiszieren trachtet, ist für meine Mutter lebensnotwendig, denn es ist eine Quelle der Aufklärung, der Beruhigung und der Inspiration für sie und fördert darüber hinaus ihre angeborene poetische Ader und Eloquenz. Aus all den genannten und auch ungenannten Gründen, die ich hier nicht aufzählen kann, würden Sie ihr durch den Entzug dieses Apparates, der, ich wiederhole es, nichts Geringeres als eine Prothese für sie darstellt, würden Sie ihr also ein schreckliches Unrecht zufügen.

Zu guter Letzt, sagte ich (ich hätte mich ganze Tage über dieses Thema verbreiten können, aber allmählich wurde es, glaube ich, langweilig), habe ich, während Mama auf den Bildschirm einredet, wenigstens meine heilige Ruhe, und glauben Sie mir, dieses Argument ist auch nicht von der Hand zu weisen.

Mir blieb jedoch nicht die Zeit, meinen Satz zu vollenden, denn

7 meine Mutter, die sich einige Minuten still verhalten hatte, so daß ich dachte, sie hätte sich beruhigt, aber meine Mutter beruhigt sich nie, das hätte ich aus Erfahrung eigentlich wissen müssen, meine Mutter vollzog einen Schwenk auf den Gerichtsvollzieher zu, blickte ihn an, als erwachte sie aus einem Traum.

Sie: Was hat der Heini von der Miliz bei uns verloren?

Ich: Der Herr ist kein Milizsoldat.

Sie: Ach, und was ist der Herr?

Ich: Gerichtsvollzieher.

Wo liegt denn da der Unterschied, sagte meine Mutter. Daß es solche Exemplare überhaupt gibt, stellt allein schon einen Angriff dar auf die Ideale der Allumfassenden Liebe, an die ich glaube.

Ich, sagte ich.

Entschuldige, aber wie nennst du das, wenn sich jemand gewaltsam Zutritt in fremde Wohnungen verschafft?

Hausfriedensbruch, sagte ich.

Und wenn jemand Dinge an sich bringt, die ihm nicht gehören?

Diebstahl, sagte ich.

Einmal im Leben hatte ich schneller gesprochen als gedacht, wo ich doch sonst um jedes Wort so ringen muß. Siedendheiß durchfuhr mich der Gedanke, einen Fauxpas begangen zu haben. Panik erfaßte mich. Meine Gedanken stoben kopflos durcheinander. Ab mit dir ins Bett, schrie ich, um die Sache einzurenken. Doch es war bereits zu spät.

Meine Mutter tat ein paar zögerliche Schritte auf ihr Zimmer zu. An der Schwelle blieb sie jedoch, von einer plötzlichen Eingebung erfaßt, stehen und wandte sich mit einer raschen Bewegung um:

Leducq war's. Er hat uns angezeigt!

Eines muß man meiner Mutter lassen: Bei aller Verrücktheit legt sie einen verblüffenden Scharfsinn an den Tag. Leducq ist der Hausbesitzer, dem wir mehr als sieben Monatsmieten schulden und der seine Außenstände ungeachtet der gefühlsbetonten Hinhaltebriefe, mit denen er zu jedem Ersten von mir bombardiert wird, unerbittlich einzutreiben versucht.

Woher nimmt sie diesen Scharfsinn nur? Diese Frage stelle ich mir häufig. Wahrscheinlich liegt es an ihrer Mißachtung der äußeren Zwänge, denn meine Mutter pfeift auf Äußerlichkeiten und Zwänge, um das zu erkennen, braucht man bloß einen Blick auf den Saustall in ihrem Zimmer zu werfen, an ihrer Mißachtung der äußeren Zwänge, gekoppelt mit dem Wechselspiel von Akkomodation und Desakkomodation des menschlichen Auges (es macht mir Spaß, mit wissenschaftlichen Begriffen zu jonglieren), ein Vorgang, mit dessen Hilfe sie sehr rasch Geheimnisse und verborgene Laster im Schlammboden der Gefühle fokussieren und die delikatesten Details unter den dicken Schichten des Anscheins unter die Lupe nehmen kann; durch die Kombination dieser beiden Eigenschaften ist ihr diese ihre besondere Sicht der Dinge in aller Ungeschminktheit gegeben, um ein Wort des Dichters zu gebrauchen, der von Schminke spricht, wo andere von Scheiße reden, man nennt das literarisch überhöht.

Leducq hat uns angezeigt!

Und als hätte das Wort Angezeigt ihre Erinnerung in Gang gesetzt, entsann sich meine Mutter plötzlich des Denunziationsbriefes, der vor vierundfünfzig Jahren in ihrer Gegenwart im Café des Platanes geschrieben worden war, jenes ominösen Briefes, der in ihren Augen das Unglück unserer Familie heraufbeschworen hatte, ein bis zu uns sich fortsetzendes Unglück, das nach der gegenwärtigen Lage zu schließen gerade wieder einen Aufschwung erlebte. Ist das Unglück erblich, Herr Gerichtsvollzieher, was meinen Sie?

Mama sah den verrauchten Saal des Cafés vor sich, das ihre Mutter meine Großmutter gern besuchte, wenn ihr die Finger wehtaten vom vielen Nähen, sie sah die Holztische vor sich, die um den Ofen gestellt waren, die Rentner, die sich mit einem Totengräberernst um die rituelle Belote stritten, all das im Angesicht Marschall Pétains, dessen Porträt fein säuberlich gerahmt über der Theke thronte, zwischen der Lokalkonzession und einem Werbeplakat mit der Aufschrift DUCO DUCON DUCONNET, weil der Besitzer, ein rechter Witzbold, wie sich in der Folge herausstellen sollte, mit ein paar Pinselstrichen aus dem B in Dubonnet ein C gemacht hatte. Sie sah das Gesicht ihrer Mutter vor sich, die, während sie in *Neues aus der Welt der Mode* blätterte, die Unterhaltungen der Männer verfolgte, gespickt mit zotigen Witzen und deftigen Flüchen, Unterhaltungen, die ihr die Welt eröffneten mit ihren ungeahnten Dimensionen, der Geographie, den Farben, den Namen der schönsten Städte. Und so, Liebes, sagte meine Mutter, entdeckte deine Großmutter, daß es Städte gab mit Namen Narvik oder Mers-el-Kebir, daß es für das Wort Fotze sage und schreibe sechsunddreißig Synonyme gab, daß die Frauen in Rußland Bärte trugen, unglaublich!, daß sich die Schotten sonntags als Majoretten verkleideten, sogar die Gerichtsvollzieher? Ja, sogar die Gerichtsvollzieher! Und die Steuerfahnder? Die auch! Im Ernst? Aber wenn ich es euch doch sage! Sie erfuhr auch, daß ein Großteil der amerikanischen Bevölkerung, die wir gemeinhin Amis nennen, aus Negern bestand, im Volksmund auch Nigger, Wilde im Busch oder Makaken genannt, letzteres aufgrund ihrer verblüffenden Ähnlichkeit mit diesen Lebewesen, richtig zum Verwechseln.

Während ich mit dem Sohn des Café-Besitzers Domino spielte, sagte meine Mutter mit starrem Blick, gaben der Inhaber der Eisenwarenhandlung und der Küster ihrer Enttäuschung über die Veränderungen in den Sehr Hohen Kreisen Ausdruck. Die interessiert doch nur eines, das hier! erklärte der Küster und klopfte sich kräftig gegen die Brust, an der Stelle, wo man normalerweise die Brieftasche trägt, sonst nichts! sagte er und schlug sich abermals gegen die Brust, daß er schwankte, *Dans la vie faut pas s'en faire, moi je m'en fais pas, les petites misères seront passagères, tout ça s'arrangera,* drang Maurice Chevaliers Stimme aus dem Radio, und deine Großmutter las: Dieses Jahr haben wir wirklich die Qual der Wahl, nach der vielversprechenden Maggy Rouff stellt nun Madame Lanvin, eine der Feen der französischen Haute Couture, ihre Kreationen vor, die schon in Kürze ihren Siegeszug durch die Pariser Damenwelt antreten werden. Und der Inhaber des Fahrradladens, der mit aufgestützten Ellbogen an der Theke lümmelte, redete auf den Wirt ein, der zwar nicht zuhörte, aber zur

Aufrechterhaltung der Kommunikation mit dem Kopf hin- und herwackelte, der Fahrradhändler, ich sehe ihn noch vor mir, als wäre es gestern gewesen, erzählte, bei der Hochzeit der Duteuil-Tochter habe irgendein Spaßvogel Senf in eines der Zuckerröschen der Stocktorte getan, und wer, glaubt ihr, hat das Röschen mit dem Senf bekommen? Na, wer wohl? Da kommt ihr nie im Leben drauf, die alte Piche! Die hättet ihr sehen sollen, ein Gesicht hat die gemacht, zum Schießen! sagte der Fahrradhändler und begann schallend zu lachen, um zu zeigen, wie witzig er war, und deine Großmutter, Liebes, die seiner Geschichte mit einem halben Ohr zugehört hatte, während sie den Artikel über Suzy Solidors neueste Romanze überflog, deine Großmutter schenkte ihm ein freundliches Lächeln, sie besaß in kleinen Dingen dieses Feingefühl, an dem man untrüglich eine wirklich großherzige Seele erkennt. Zum x-ten Mal kamen Larzillière und Desmottes auf den Mädchenhandel zu sprechen, der, wie sie aus sicherer Quelle wußten, von komplottierenden, kannibalischen, krummen Juden kontrolliert wurde, die das ganze Kapital der Franzosen kassierten und unschuldige junge Stadtmädchen via Amsterdam in die Elendsviertel von Bamako beförderten, wo die armen Dinger dickschädeligen, schnaubenden wilden Negern einen blasen mußten. Herr Jesus Christus, rief der Pfarrer. Von irgend etwas müssen sie ja träumen, dachte deine Großmutter, die in dem hirnverbrannten Gewäsch von Larzillière und Desmottes nichts weiter sah als die perversen Phantasien unbefriedigter Männer, die nie über die Grenze ihres Dorfes hinausgekommen waren und von der Liebe nichts anderes

kannten als die klägliche Umklammerung, die ihnen einmal im Monat, streng nach Reglement, von einer häßlichen, verbitterten und allzeit bekümmerten Ehefrau gestattet wurde.
Während ich zum hundertsten Mal die unschönen Erinnerungen meiner Mutter anhören mußte (gibt es eigentlich auch schöne Erinnerungen? wenn ja, möge man es mich wissen lassen), verspürte ich plötzlich den Drang zu fliehen, alles liegen und stehen zu lassen, meine Mutter mit ihrem Putain, den Gerichtsvollzieher mit seiner Aktentasche. Dieser Gedanke beschlich mich oft, Hals über Kopf davonzulaufen, mich weit weg von meiner Mutter und ihren Gespenstern, die auf unheimliche Weise zu meinen eigenen geworden waren, im Departement Oise zurückzuziehen, umgeben von lauter stummen, friedfertigen Tieren. Ich blickte zur Tür, zu meiner Mutter, zur Tür, zu meiner Mutter, zur Tür. Freude. Reue. Angst. Dann riß ich mich am Riemen. Und blieb. Alles spielte sich genau in dieser Reihenfolge ab.
Und während einer der vier Rentner, sagte meine Mutter, ganz in ihren Erinnerungen befangen, mit den Worten was liegt, pickt, Trumpf ist Trumpf, eine Pik 10 ausspielte, meinte Marcon, der auch etwas beitragen wollte, er rate dringend vom Genuß kohlensäurehaltiger Getränke ab, weil nämlich die Juden unsichtbaren Diamantenstaub hineinschütteten, der einem die Magenwände zerschnitt, und das würde man nicht überleben, da könnte man auf eins zwei drei die Radieschen von unten wachsen sehen.
Blödsinn, kommentierte Larzillière, dem man nicht so leicht etwas weismachen konnte.

Vollkommener Schwachsinn, überschrie ihn der Wirt, der nicht wollte, daß der Konsum in seinem Lokal auch nur um einen Tropfen zurückging.
Ehrlich gesagt verebbte das Gerede über die Juden im Café des Platanes immer recht rasch. Es bekam sozusagen nicht genügend Nahrung, sagte meine Mutter. Desmottes, Larzillière und Marcon hatten nämlich niemanden vor Augen, der sich mit den fürchterlichen, von Habgier entstellten Visagen hätte vergleichen lassen, wie sie in den Broschüren abgebildet waren, die der Bürgermeister in den Geschäften und an den öffentlichen Orten auslegen ließ. Diese schauderhaften Physiognomien, diese tierischen, behaarten Fratzen besaßen in ihren Augen nicht mehr Realität als die Pappmachémonster in den Horrorfilmen, die gelegentlich im Novelty liefen, sie hatten nichts Bekanntes oder Wiedererkennbares an sich, und da sie nicht lebendig werden konnten, verschwammen sie im Alkohol.
Haben Sie noch die Rechnung Ihres Radiogerätes? forschte der Gerichtsvollzieher und hob den Apparat in die Höhe, den ich mir zu meinem siebzehnten Geburtstag geschenkt hatte.
Da Sie danach fragen, Herr Inspektor, sagte Mama (sie nannte ihn Inspektor!), will ich Ihnen offen und ehrlich bekennen, daß meine Mutter, die damals noch ein ganz anderer Mensch war im Vergleich zu dem, was später aus ihr werden sollte, daß meine Mutter sich zum damaligen Zeitpunkt nicht sonderlich über die niederträchtigen Bemerkungen aufregte, die sie zu hören bekam. Im Grunde sah sie in diesen Abscheulichkeiten eine rhetorische Übung, die ohne Folgen bleiben würde, ein Propä-

deutikum, bei dem das Wort Jude nur für Diebe, Nichtsnutze, Feiglinge aller Sorten stand, egal ob sie Juden waren oder Zigeuner oder Einwohner von Venerque, eine Art Präludium zu einer umfassenderen metaphysischen Symphonie. (Später machte sie sich die bittersten Vorwürfe, nicht mit der nötigen Schärfe gegen diese verabscheuungswürdigen Verleumdungen protestiert zu haben.)
Am besten, empfahl ich dem Gerichtsvollzieher, der die Rechnung überflogen hatte und sich nun anschickte, in sein Notizheft zu schreiben: Stereo-Radiorecorder der Marke Panasonic, Höchstleistung 80 Watt, CD-Player, 36 Titel programmierbar, Digitaltuner, Abmessung 45/19/26 cm, Kaufdatum 8. November 1996, am besten läßt man den Ausführungen meiner Mutter freien Lauf. Die repressionsfreie Methode hat sich in ihrem Fall als die effizienteste erwiesen: man muß sie, ohne sie durch Anrufe zu erschrecken, vor sich hinreden lassen und sie in der Illusion der Freiheit wiegen. Dann hört sie früher oder später aus Erschöpfung von selbst damit auf. Man muß nur Geduld haben. In Finanzkreisen wird, soviel ich weiß, gemunkelt, daß jeder Widerstand mit der Zeit bricht, daß jede Opposition, jeder Protest, jede Revolte eines Tages von alleine einschläft. Teilen Sie diese Ansicht, Herr Gerichtsvollzieher?
Der Gerichtsvollzieher verharrte in seinem Schweigen. Die Fähigkeit dieses Mannes, keine Reaktion zu zeigen, war wirklich bewundernswert, vergleichbar, und das sollte etwas heißen, vergleichbar nur mit derjenigen von Herrn Doktor Donque.
Heben wir uns, schlug ich leise vor, die klassischen Zwangs- und Einschüchterungsmethoden doch für später

auf. Aus Erfahrung weiß ich, daß ich nur in sehr seltenen Fällen gezwungen bin, zu derart extremen Maßnahmen zu greifen. Aus mir sprach die Spezialistin, die ich im Lauf der Zeit geworden war. Womöglich hegen Sie die Befürchtung, dadurch Zeit zu verlieren? Jedoch was bedeutet das: Zeit verlieren, Zeit gewinnen? Ist die Zeit, die man gewinnt, nicht im Grunde verlorene Zeit? sagte ich in einem jähen Anflug von philosophisch-poetischer Nachdenklichkeit, den ich auf der Stelle bereute.

Inzwischen, erinnerte sich meine Mutter, redeten Desmottes und Larzillière lauter, denn nun ging es um diese dreckigen Kommunisten, die man nämlich leider nicht an ihrem Äußeren erkennen könne, weil sie aussähen wie jedes dahergelaufene Zivilistenschwein, Heilige Jungfrau, bekreuzigte sich der Pfarrer, wie jeder x-beliebige Mann auf der Straße, wiederholte Desmottes, wie Sie oder wie ich, echauffierte er sich, wäre da nicht der Mörderblick, die blutbefleckten Fleischerhände und das Messer, das sie zwischen ihren scharfen Zähnen tragen.

Und dann ließen Larzillière und Desmottes all die Hitzköpfe Revue passieren, die sich im Jahre 36 hervorgetan hatten, Ramond, Brousse, Colin und dieser Fanatiker namens Baysse, Spanischlehrer an der Schule von Auterive, ein Dichterling, sagte der Fahrradverkäufer, ein Widerständler, regte Larzillière sich auf, ein regelrechter Terrorist, der sich von den moskowitischen Juden schmieren ließ, lästerte Desmottes.

Andererseits sollte man, um meine Mutter zum Schweigen zu bringen, murmelte ich dem Gerichtsvollzieher zu, auf das Heranziehen überzeugenderer Argumente nicht gänzlich verzichten: ich spreche von Argumenten wie Schlägen auf den Kopf mit dem Telephonbuch, Boxhieben in Leber- oder Unterleibsgegend oder Fesseln und Knebeln, wie so viele andere Menschen versteht meine Mutter am besten die Sprache der Gewalt, noch besser aber eignet sich die akute Intervention eines Psychiaters, ich neige eher zu dieser, wie soll ich sagen, eleganteren Lösung. Aber vielleicht sollten wir, bevor wir diese drastischen Maßnahmen ergreifen, durch die wir im folgenden das Risiko unkontrollierbarer Zwischenfälle eingingen, noch ein Weilchen warten. Was meinen Sie?

Die Stimmung war angeheizt, sagte meine Mutter, unberührt von dem Drama, das sich in unseren eigenen vier Wänden abspielte. Vom Weißwein wurden die Kehlen heiser, und in den Herzen flammte der Patriotismus auf. Allmählich wetterte alles gegen die Verräter der Nation.

Umlegen müßte man die, stieß Larzillière hervor, den der Wein streitlustig stimmte. Eine Kugel in den Nacken und peng, brüllte er und zielte mit einem Phantasiegewehr auf die Tür, was wiederum die Belote-Spieler aufschreckte, die ihre Partie aber nichtsdestotrotz mit unerschütterlichem Ernst fortsetzten.

Umlegen, jawohl. Alle, ausnahmslos, röhrte Desmottes und drückte mit rachsüchtiger Geste seine Zigarette aus.

Alle bis auf den letzten Kerl, schrie der Forstaufseher, der sich seit ein paar Minuten darum bemühte, als Dritter im Bunde aufgenommen zu werden. Ich gebe einen aus, eine Runde an alle, schrie er mit einem Schlenker Richtung Theke. Auf das Wohl des Idioten, der die Zeche zahlt! Ein Wunsch, bemerkte meine Mutter, der höchstens seiner

Seele zugute kommen konnte, denn sein leibliches Wohl hatte er längst im Schnaps ersäuft.
Der Gerichtsvollzieher, dem nicht anzumerken war, ob er meiner Mutter zugehört hatte oder nicht, so ausdruckslos blieb seine Miene, trat auf den Couchtisch zu, beugte sich darüber, begriff ihn mit seinen feuchten Fingern, die Abdrücke hinterließen, maß ihn mit einem Zentimetermaß, das er aus der Tasche seines Jacketts geholt hatte, ab und schrieb in sein Notizheft: Couchtisch, 80 cm lang, 50 cm breit, aus
Aus welchem Holz?
Dummheit und Stolz wachsen auf einem Holz, entgegnete ich impulsiv. So etwas Blödes. Ich wollte mich von meiner besten Seite zeigen: aufgeweckt, frohsinnig, geistreich, dabei war ich Punkt für Punkt das genaue Gegenteil.
Ihre Frage ist durchaus berechtigt, Herr Inspektor, sagte Mama zum Gerichtsvollzieher. In einer Angelegenheit wie dieser ist jedes Detail von Belang, und sei es noch so idiotisch. Der Tisch, unter den der Sohn des Café-Besitzers mich an jenem Tag gelockt hat, an jenem schrecklichen Tag, meine ich, an dem sie diesen Denunziationsbrief schrieben, also dieser Tisch war ein ganz gewöhnlicher Brettertisch und stand zwischen Bier- und Limonadekisten eingezwängt im Schuppen, und obendrauf lagen Nüsse und andere Früchte zum Trocknen für den Winter. Der Sohn des Café-Besitzers sagte mir, ich solle mich hinhocken. Und ich tat es. Ich fühlte, daß eine Kraft mich trieb, die stärker war als mein Wille. Er zog mir die Unterhose aus. Und ich ließ es geschehen. Tatenlos. Wortlos. Und schwach im Inneren, schwach wie nie zuvor. Mit der

Spitze eines Buntstiftes begann er mein Geschlecht zu streicheln. Und ich saß da wie angewurzelt. So schwach, so unendlich schwach. Er fuhr fort mit seinen absonderlichen Zärtlichkeiten. Dabei sahen wir einander unentwegt in die Augen. Dann öffnete er seinen Hosenschlitz. Faß mich an. Und ich faßte ihn an. Es war ein komisches Gefühl, weder angenehm noch unangenehm, ich weiß nicht, wie ich es ausdrücken soll, sagte meine Mutter in Gegenwart des Gerichtsvollziehers, der mit dem Inventar unseres Trödelkrams beschäftigt war und so tat, als hörte er sie nicht, aber ich glaube, ihm entging keine Silbe, er sah irgendwie so zweideutig drein, so lüstern mit einem Wort.
Meine Mutter hatte ihr erstes sexuelles Erlebnis mit sechs Jahren, und ich bin achtzehn, und mir wurde noch nicht einmal das Glück eines Kusses oder einer Zärtlichkeit zuteil, wie ein Blitz durchfuhr mich dieser absolut unpassende Gedanke und nahm einige Augenblicke lang meine ganze Aufmerksamkeit gefangen. Noch nie, dachte ich, ist mein brachliegender Leib vom Pflug der Liebe gepflügt worden. (Wenn man frustriert ist, bekommt man dichterische Ambitionen, das habe ich schon tausendmal festgestellt.) In puncto Geschlechtsverkehr tappe ich total im dunklen. Und diese Unerfahrenheit lastet auf mir wie eine Schmach. Ich weiß nichts, rein gar nichts über diese Sache, von ein paar Grundbegriffen abgesehen, die Nelly mir gütigst beigebracht hat (ihre Kenntnisse auf dem Gebiet sind nämlich tief), zum Beispiel den Ausdruck: einen blasen, damit bezeichnet sie die hochbekömmliche, spezielle Form von Küssen, die sie ihrem Jawad gibt und bei denen sie selbst ganz naß wird, was, soviel ich verstanden habe,

lediglich ein metaphorischer Ausdruck für die liquidinöse Seite des Begehrens ist. Wie der Mechanismus der diversen Säfte aber genau funktioniert, muß ich noch lernen, von daher erklärt sich auch mein reges Interesse für die Hydraulik der Filmküsse und andere körperliche Annäherungsformen von Friktion über Kuscheln und Lecken bis Penetration, für kunstflugähnliche Figuren wie Kreisen, Kurven, Rollen und Trudeln, oder andere, eher dem Klettersport verwandte Verrenkungen, kurzum für all die epileptischen Zuckungen, denen die Menschheit sich mit Freuden hingibt, und zwar die ganze Menschheit, ausgenommen meine Person.

Aber lassen wir das, dachte ich bei mir, obwohl ich den starken Wunsch verspürte, in Mitleid mit mir selbst zu schwelgen, und meiner sexuellen Misere, die größer nicht sein könnte, nur zu gern weiter auf den Grund gegangen wäre.

Über das kommunistische Gesindel konnten sie sich ganze Abende lang das Maul zerreißen, fuhr meine Mutter fort, die ihre erotischen Erinnerungen wieder weggepackt hatte, diejenigen aber, die am lautesten gegen die Kommunisten hetzten, waren die Juel-Zwillinge. Deiner Großmutter, Liebes, gefiel die Art und Weise, in der die Juel-Zwillinge über die Kommunisten und das mit Füßen getretene Vaterland redeten, ganz und gar nicht. Deine Großmutter hatte den Eindruck, daß die Juel-Zwillinge vor allem ein Ziel verfolgten: Angst einzujagen. Darin gaben sie sich richtig Mühe. Und darin waren sie auch richtig gut.

8 Die Juel-Zwillinge können nämlich kaum lesen und schreiben, aber Angst einjagen, das können sie.
Sonntag nachmittags stolzieren sie die Avenue Michelet auf und ab, wichtigtuerisch.
Die Daumen haben sie unter den Ledergürtel geschoben. Das macht Eindruck.
Sie tragen einen Bürstenschnitt.
Wenn ihnen eine Gruppe junger Mädchen entgegenkommt, bleiben sie stehen und rufen ihnen etwas Unanständiges nach. Darüber lachen sie sich schief. Was Spaß betrifft, den haben sie!
Sehen sie einen herrenlosen Hund, verpassen sie ihm einen Fußtritt in den Bauch. Ein Hund hat nicht herrenlos herumzustreunen. Kapiert, dreckiger Köter? brüllen sie den Hund an, der jaulend das Weite sucht. Zum Schreien komisch.
Die Kinder starren ihnen ins Gesicht, still, fasziniert.
Sie gehen ins Café und trinken. Ohne Maß und Ziel. Sie sind nicht durstig, doch sie trinken.
Und sie rauchen auch. Viel. Wie ich, sagte meine Mutter. Aber sie drücken ihre Zigarette nicht im Aschenbecher aus, wenn sie sie zu Ende geraucht haben, sondern schnipsen sie ostentativ zwischen Daumen und Zeigefinger auf den Boden. Die Frau Wirtin soll das gefälligst aufkehren. Dazu ist sie ja schließlich da, oder vielleicht nicht?
Wenn sie eine Kinovorstellung besuchen, gehen sie den Mittelgang nach vorne, ohne nach rechts oder links zu blicken, breitbeinig, den Unterleib nach vorn geschoben

(stopfen sie sich eigentlich Watte in die Hosen oder was?). So kommen sie daher, und mit jedem ihrer Schritte wird es stiller im Saal.

Nach der Messe halten sie uns manchmal eine Holzschale unter die Nase, sie sammeln für die Miliz. Dabei verziehen sie verächtlich den Mund, um kundzutun, daß sie nicht etwa um Almosen betteln, sondern sich dazu herablassen, das ist ein feiner Unterschied, für das gemeinsame Wohl von Vaterland und Miliz. Und wir werfen schweren Herzens ein Geldstück in die Schale, tausendmal lieber hätten wir es behalten, dieses Geldstück, um uns eine Rippe Schokolade dafür zu kaufen.

Die Juel-Zwillinge verbreiten Angst, und die Angst, die sie verbreiten, bereitet ihnen die größte Lust.

Die Juel-Zwillinge versetzen den Bürgermeister in Angst, den Pfarrer, die Frauen, alle versetzen sie in Angst. Doch mit der Zeit gewöhnen sich die Dorfbewohner daran. Wie sie sich an das Unglück gewöhnen, an das Grauen. Wie sie sich an alles gewöhnen. Sie, aber ich nicht. Ich nicht, schrie Mama und wandte sich an den Gerichtsvollzieher, der nunmehr den Inhalt des rechten Fachs unserer Anrichte auflistete, in dem sich befanden: ein Schlüsselanhänger in Schuhform, ein Bic-Kugelschreiber, eine Photographie, datiert November 59, auf der meine Mutter hinter dem Aufgabeschalter des Louvre-Postamtes zu sehen ist, einige Tage nach ihrer Versetzung nach Paris (man könnte glauben, sie sitze hinter einer dieser gläsernen Sprechwände, wie es sie in Gefängnissen gibt), eine weitere Photographie vom 15. März 1979, auf der meine Mutter und mein Vater im Hof des psychiatrischen Kranken-

hauses Sainte-Anne zu sehen sind (sie machen gar keinen verrückten Eindruck), wo sie sich kennen- und liebengelernt hatten, beides nur für sehr kurze Zeit, eine Rolle schwarzer Nähseide, Hemdknöpfe, eine Uhr der Marke Casio mit kaputtem Armband, eine Schachtel Streichhölzer, ein Lineal, ein Allzweckmesser, eine Nagelschere, ein Umschlag mit dem Brief, den Filo 1943 an Marschall Putain geschrieben und nie abgeschickt hatte und den Mama wie eine Reliquie aufbewahrte, sowie eine Menge Papierkram.
Es wurde viel geredet über die Juel-Zwillinge im Dorf, fuhr meine Mutter fort. Es hieß, als Kinder hätten sie geklaut. Es hieß, sie hätten schmutzige Ohren gehabt und nach Urin gestunken. Es hieß, ihre Mutter sei ein Flittchen gewesen und habe sich von einem vorüberziehenden Zigeuner ein Kind andrehen lassen, oder auch vom Herrn Bürgermeister, bei dem sie als Zugehfrau bediente. Es kursierten unterschiedliche Versionen.
Aber jetzt, sagte meine Mutter, sind die Juel-Zwillinge bei der Miliz. Ihr Chef Frossard hat sie vor die Wahl gestellt: Entweder ihr kommt zu uns, und wir drücken ein Auge zu, oder. Wir haben ein Auge zugedrückt.
Jetzt sind sie stolz. Zum ersten Mal in ihrem Leben sind die Juel-Zwillinge stolz. Sie marschieren groß auf, in Uniform, ein Schießeisen an den Gürtel gehängt.
Jetzt rächen die Juel-Zwillinge sich für ihre Kindheit. Getilgt ihre Kindheit! Ausradiert! Weh dem, der eine Anspielung darauf wagen sollte. Laßt es euch gesagt sein! Die Juel-Zwillinge hoffen, eines baldigen Tages die Wertschätzung der Honoratioren zu genießen, voran die des Apothekers, den zu duzen ihnen schmeichelt.

Auf diese Wertschätzung legen sie mehr Wert als auf irgend etwas sonst.
Den Honoratioren mitsamt ihren beleibten Gattinnen scheint nämlich ein außerordentliches Prestige anzuhaften. Sie besitzen etwas, glauben die Juel-Zwillinge, das andere nicht besitzen, Schick oder Charme vielleicht, etwas, was nicht allein aus der Anhäufung ihrer Titel und Ämter resultiert, eine besondere Eleganz im Umgang, die ihnen, den Zwillingen, verwehrt ist, die sie sich aber schon noch aneignen würden, irgendwann, da man sich anscheinend ja alles aneignen kann. Doch die Wertschätzung, von der die Juel-Zwillinge träumen, die werden sie nie bekommen. Nie, wiederholte Mama. Denn in den Augen der Honoratioren und ihrer beleibten Gattinnen vermag nichts und niemand je die Spuren einer niedrigen Abkunft auszulöschen. Nichts.
Die Juel-Zwillinge verlassen das Café des Platanes um sechs Uhr, um sich in das Milizlokal am Richelme-Platz zu begeben. Sobald sie weg sind, kann man wieder frei atmen, murmelte Mama mit einer ganz veränderten, verträumten Stimme, ihrer Kinderstimme wahrscheinlich, dachte ich, der Stimme, die sie vor der Katastrophe gehabt haben muß, noch frei von jeder Angst, und plötzlich fragte ich mich, ob ich mich in dreißig Jahren meinerseits mit dem gleichen Anflug von Wehmut an die scheußliche Cafeteria im Einkaufszentrum erinnern würde, in die ich manchmal gehe.
An jenem Tag, von dem ich rede, sagte meine Mutter, an jenem Tag, an dem vor unseren Augen dieser Denunziationsbrief geschrieben wurde, der allein schon eine ganze Welt zum Einstürzen brachte, verließ der Wirt seinen Platz

hinter der Theke, deren Kernstück er war und die ohne ihn irgendwie verlassen aussah, um sich an einen der Tische beim Ofen zu setzen. Desmottes und Larzillière flankierten ihn. Als der Apotheker, auf den alle zu warten schienen, das Café betrat, griff der Wirt zur Feder und schrieb:

9 Venerque/Haute-Garonne, den 12. Januar 1943. Hochverehrter Herr Marschall! Wir fühlen uns sehr geehrt, Ihrer geschätzten Aufmerksamkeit folgenden Fall zur Kenntnis bringen zu dürfen: Ein gewisser Robert Biron, wohnhaft in Venerque, wurde wegen seines angeblichen Rheumaleidens, R-h-e-u-m-a buchstabierte der Apotheker, wegen seines angeblichen Rheumaleidens, schrieb der Wirt mit seiner schiefen, krakeligen Schrift, die seinen Charakter recht gut widerspiegelte, skandalöserweise für untauglich erklärt und vom obligatorischen Arbeitsdienst befreit, obwohl er in guter füsischer Verfassung ist und eine atletische Statur besitzt, a-t-h buchstabierte der Apotheker, und eine athletische Statur besitzt, wiederholte der Wirt.

Des weiteren, getrennt geschrieben, erklärte der Apotheker, des weiteren, schrieb der Wirt, sehen wir uns genötigt, unserem Befremden darüber Ausdruck zu verleihen, daß wir, obwohl es, wie man hört, ein Gesetz extra für Juden gibt, dennoch tagtäglich produziert werden durch die Anwesenheit einer jüdischen Person. Person paßt nicht, versicherte der Apotheker, der mit im Rücken verschränkten Händen auf und ab ging, komischer Kauz, schlug Larzillière vor, Sonderling lautete Desmottes' Beitrag, sagen wir doch schlicht: durch einen Juden, sagte der Apotheker, einen hundertprozentigen Juden, fügte Larzillière hinzu, einen hundertprozentigen Juden, kritzelte der Wirt. Wir möchten Sie daher fragen: Wie kommen solche Ausnahmen zustande? Das ist doch der reinste Hohn! sagte Larzillière. Das ist doch der reinste Hohn! schrieb der Wirt. Erbittert müssen wir feststellen, daß die Gesetze, die dank Ihrem Einfluß beschlossen wurden, zu nichts gut sind, diktierte der Apotheker. Nicht so schnell, rief der Wirt. Erbittert müssen wir feststellen, daß die Gesetze, die dank Ihrem Einfluß beschlossen wurden, zu nichts gut sind. Ich finde, das würdigt den Marschall herab, bemerkte Desmottes. Das würdigt ihn überhaupt nicht herab, entgegnete Larzillière, das dient seiner Information.

Weiter. Dieser Jude, genannt Lazare Apfelbaum, Namen haben die, sagte Desmottes, die gehören verboten! rief Larzillière, haha, lachte Larzillière, haha, lachte Desmottes, dieser Jude ist der Besitzer einer in unserer kleinen Gemeinde Venerque befindlichen Hemdenfabrik, sagte der Apotheker, die er zum Schein an einen Strohmann verkauft hat, der aber nur als Verzierung dient und den man außerdem nie zu Gesicht bekommt, nie, wiederholte Larzillière, und zwar tätigte er diesen fiktiven Verkauf, um auf illegale Weise, mit zwei l, die Arisierung zu umgehen. Punkt. Punkt. Er zahlt seinem Personal sehr niedrige Löhne. Eine richtige Schande ist das, was für niedrige Löhne er seinem Personal zahlt, das kaum über die Runden kommt.

Wir wären Ihnen sehr verbunden, außerordentlich, sagte der Apotheker, wir wären Ihnen sehr verbunden außerordentlich, streichen Sie das sehr, sagte der Apotheker ärgerlich, was, muß ich jetzt den ganzen Brief neu schreiben? fragte der Wirt beunruhigt, reg dich nicht auf, er wird sich schon auskennen, sagte Desmottes, wenn Sie unsere Angaben liebenswürdigerweise überprüfen und ihn dazu veranlassen möchten, seinen Angestellten anständige Löhne zu zahlen.

Mit gleicher Post, mit gleicher Post möchten wir Sie davon in Kenntnis setzen, daß der Spanischlehrer am Gymnasium von Auterive, sein Name ist Baysse, unseren Kindern Skepsis, S-k-e-p-s-i-s, und Widerspruchsgeist einbleut, wo sich diese beiden Eigenschaften doch am Busen des Unglücks nähren, gut gesagt, meinte Desmottes anerkennend, und nicht davor zurückschreckt, die Entscheidungen des Marschalls, unseres Hochverehrten Herrn Marschalls, unseres Hochverehrten Herrn Marschalls in voreingenommener Weise zu kommentieren. Wir glauben auch, daß er kommunistische Flugblätter in seiner Wohnung aufbewahrt, und fänden es nur natürlich, wenn er ehestbaldigst verhört werden würde.
Abschließend wollen wir Sie noch darüber informieren, daß wir im Namen der *Légion tricolore* die in unserer Ortschaft allseits bekannte Gesangslehrerin, Madame Tison, gefragt haben, ersucht, sagte der Apotheker, ersucht haben, für eine Messe zum Gedenken an die für Frankreichs Ehre gefallenen Legionäre ein Lied einzustudieren, und daß besagte Person dieses Gesuch mit den Worten abgelehnt hat: Die Legion kann mir gestohlen bleiben. Desmottes konnte ein Lachen nicht unterdrücken. Das ist nicht komisch, rügte der Wirt. Was sagen Sie dazu? diktierte Larzillière. Was sagen Sie dazu? schrieb der Wirt.
Wir legen Wert auf die Feststellung, diktierte Desmottes, daß unsere Handlungsweise nicht von einem etwaigen Spitzeltum zeugt, daß unsere Handlungsweise nicht von einem etwaigen Spitzeltum zeugt, schrieb der Wirt, sondern nur von Pflichterfüllung gegenüber unserem Vaterland, das wir lieben, betonte Larzillière, das wir lieben.

Was für eine Schlußformel schreiben wir? wollte der Wirt wissen und kratzte sich am Kopf.
Schreib: Gute Franzosen, sagte Desmottes.
Gute Franzosen, einverstanden, das ist kurz und klar.
Unterschreiben wir denn nicht mit unseren Namen? sorgte sich Larzillière.
Wenn wir die Prämie kassieren wollen, müssen wir mit unseren Namen unterschreiben, bestätigte Desmottes.
Es geht uns nicht ums Geld, rief der Wirt, zitternd vor Empörung. Es geht uns um das Vaterland.
Wir müssen unsere Namen daruntersetzen, entschied der Apotheker, alles andere wäre feige.
Der Wirt gab die Feder weiter an den Apotheker, der zwei prätentiös verschnörkelte Großbuchstaben malte, danach kamen Desmottes und Larzillière an die Reihe, die sich plagten wie Schuljungen, um ihr Gekrakel zu Papier zu bringen.
Und deine Großmutter, die die ganze Zeit über an ihrem Tisch gesessen hatte, stumm und wie gelähmt, deine Großmutter, Liebes, die nicht hören wollte, was da vor ihr gesprochen wurde, andererseits aber nicht weghören konnte, deine Großmutter, die schreien wollte: Aufhören, aufhören, aber keinen Ton hervorbrachte, deine Großmutter, der eine Häßlichkeit ins Gesicht getreten war, die ich noch nie an ihr gesehen hatte, deine Großmutter sprang plötzlich auf und zog mich am Ärmel aus dem Café.
Deine Großmutter war damals neununddreißig. Und ich sechs, sagte meine Mutter.
Ich persönlich habe mir immer nur sehr schwer vorstellen können, daß meine Mutter einmal ein sechsjähriges Kind

gewesen sein soll. Ich kann mir nicht helfen, aber in meiner Vorstellung hat meine Mutter schon immer potthäßlich, alt und aufgedunsen ausgesehen. Und der Gedanke, aus dem Geschlecht eines alten Weibes geboren worden zu sein, erfüllt mich mit unsagbarem Ekel. Obwohl ich diese Worte ganz leise in meinem Inneren gemurmelt hatte, muß meine Mutter sie gehört haben (sie hat eine telepathische Seele), denn sie vertraute mir an: Mit jenem Tag, Liebes, war meine Kindheit beendet.
Besonders auffällig, zischelte ich dem Gerichtsvollzieher zu, der mit Methode, voller Langeweile, doch mit Scharfsinn und Bedacht, mit Maßen und Mißtrauen, Ernsthaftigkeit und Phlegma, auch mit Vorsicht, Würde und Sanftmut, mit raschen, behenden Bewegungen, habe ich etwas vergessen?, das Inventar des linken Fachs unserer Anrichte auflistete, besonders auffällig ist, daß die Erinnerung meiner Mutter mit der Zeit nicht verblaßt, sondern ganz im Gegenteil immer genauer wird und ständig neue Erinnerungen hervorbringt. Immer wieder, bei jeder einzelnen Version über das an Katastrophen so reiche Jahr 43 taucht ein neues Detail auf, so daß ich allmählich den Eindruck gewinne, es handle sich bei der verworrenen Angelegenheit, in der ein toter Bruder, ein Denunziationsschreiben und die Untaten eines Marschall Putain unauflöslich miteinander verstrickt sind, womöglich nur um ein Netz von Lügen, basierend auf einigen Tatsachen, um eine Geschichte, die es weder gab noch gibt und an die zu glauben sie mich zwingt, um eine erlogene Legende, die sie jeden Tag aufs neue vollendet, die sie beschönigt oder dramatisiert, um sich Geltung zu verschaffen und ihrem

Leben das Salz und das Blut und den Glanz zu geben, an denen es ihm fehlt. Halten Sie einen solchen Schwindel für möglich, Herr Gerichtsvollzieher? Soll ich dieser Hypothese Glauben schenken?

10 An dieser Stelle befand ich mich über meine weitere Vorgehensweise in der größten Unsicherheit. Gezählte drei Möglichkeiten taten sich vor meinem inneren Auge auf:

Erstens konnte ich meine Mutter mit einem Geschirrtuch erwürgen, um ihrem Fabulierzwang endgültig den Garaus zu machen, und die Tat als Erstickungstod infolge Verschluckens hinstellen oder so. Kaum daß es mir in den Sinn gekommen war, erschien mir dieses Unterfangen jedoch nicht nur eitel, sondern auch und vor allem gefährlich;

zweitens hatte ich die Möglichkeit, ihre schauderhaften Geschichten einmal mehr zu ertragen und meinem nächtlichen Entschluß treu zu bleiben, den Gerichtsvollzieher mit verlogenen Höflichkeitsbezeugungen zu umgarnen, in der sinnlosen Hoffnung, er werde die Zügel seiner starren Prinzipien und Gefühle lockern und sich, wer weiß?, vielleicht sogar zu ein wenig Nachsicht hinreißen lassen;

drittens konnte ich aber auch allen beiden die Tür vor der Nase zuschlagen.

Nach längerem Hin und Her entschied ich mich für Lösung Nummer zwei. Mit anderen Worten für die Vernunft. Mit anderen Worten für die Feigheit.

Verzeihen Sie das Benehmen meiner Mutter, sagte ich zum Gerichtsvollzieher in einem äußersten Versuch von Diplomatie, besessen, wie ich war, von dem Wunsch, mich in jeglicher Hinsicht konform zu verhalten. Meine Mutter erträgt die Unbill, die wir momentan zu erleiden haben, nämlich nur sehr schlecht. Vor allem auch, weil sie krank ist, beharrte ich und legte eine übertriebene Besorgnis in meine Stimme. Es handelt sich um einen nervösen Schock, wissen Sie, den sie im Zusammenhang mit dem Tod ihres Bruders erlitten hatte und der aus Gründen, die hier anzuführen zu lange Zeit in Anspruch nähme, über dreißig Jahre später zum zweiten Mal ausgelöst wurde, 1978, um genau zu sein.

Seither, sagte ich, kommt meine Mutter beständig auf das Jahr 43 zurück, das vom Tod ihres Bruders, vom Ruhm Putains sowie von der Herrschaft Bousquets und Darnands geprägt war, als ob diese Ereignisse ihr ganzes Leben verdichteten und auch mein ganzes Leben und das Leben aller, als ob von dem Sinn, den sie ihnen zu verleihen sucht, ihre eigene, meine und die Zukunft der Welt abhinge.

An dieser Stelle hob der Gerichtsvollzieher, der nun die rosaseidene Fächertasche in Angriff genommen hatte, die unter dem Postkalender an der Badezimmertür hing und in die wir Mahnungen, unbezahlte Rechnungen und die aktuellen Supermarktangebote steckten, den Kopf und blickte mich mit einem Ausdruck an, in dem ich eine Art Frage zu lesen glaubte. Ich versuchte ihm meine These daher näher zu veranschaulichen. Mit der mir eigenen Mischung aus Subtilität, Prägnanz und Sensibilität bemühte ich mich, ihm die Erregungszustände meiner Mutter einsichtig zu machen, die sich für einen Außenstehenden auf den ersten Blick einigermaßen skurril ausnehmen mochten.

Meine Mutter, Herr Gerichtsvollzieher, macht keinen Unterschied zwischen Vergangenheit und Gegenwart, zwischen Tag und Nacht, zwischen den Lebenden und den

Toten. Es handelt sich hierbei um einen höchst untypischen Fall von geistiger Umnachtung, gegen die selbst psychiatrische Roßkuren nichts auszurichten vermögen, ebensowenig wie das Heilige Wasser von Lourdes, wir haben schon alles probiert. Um genau zu sein, sagte ich, lebt meine Mutter simultan in Vergangenheit und Gegenwart, und das Chaos der einen Zeit und das Chaos der anderen Zeit verzahnen sich gewissermaßen ineinander und wachsen zu apokalyptischen Dimensionen an. Übrigens behauptet meine Mutter, die Apokalypse habe bereits stattgefunden. Diese Kunde überbringt sie den Blinden und Tauben, deren Zahl in diesem Land Legion ist. In Tschernobyl wurde ein Kalb mit zwei Köpfen geboren, verkündet sie, das ist ein untrügliches Zeichen. Wir bewegen uns auf den Abgrund zu, stößt sie hervor und erhebt ihre Stimme in oraklische Höhen, daß mir eine Gänsehaut aufsteigt. Das Grauen ist an der Macht. Kinder töten. Alles ist käuflich. Die Stätten der Andacht stehen leer in den verlassenen geheiligten Wäldern. Gold und Geld sind die Götzen der Welt. Gold und Geld korrumpieren die Justiz und bringen Gesetze zu Fall. Die Apokalypse, Liebes, vollzieht sich vor unseren Augen. Und während die Massen abgebrüht und abgestumpft weiterhin Unzucht treiben, sich mit sinnlosen Vergnügungen betäuben und sich voller Begeisterung gegenseitig abschlachten, geht die Welt, Liebes, ihrem Untergang entgegen, Putain, Darnand und ihre fanatischen Anhänger kämpfen an allen Fronten, und sie siegen, Liebes, sie siegen, das sind nicht etwa, wie du vielleicht glauben wirst, die leeren Prophezeiungen einer desillusionierten Irren, denn zu meinem Unglück hältst auch du mich für eine Irre, sondern nackte Tatsachen, die ich lediglich ausspreche, ich kann nicht *einmal* den Fernseher einschalten, ohne irgendein Massaker zu sehen, das von ihnen angezettelt wurde, eine Katastrophe folgt auf die andere, ein Krieg auf den anderen, Deutschland steht ante portas, mein Gott, errette uns vor den Bösen, denn es scheint, sie nehmen überhand, sie sind einfach überall.

Der Fernsehschirm, Herr Gerichtsvollzieher, ist der Ort, wo meine Mutter die Zeichen der Katastrophe derart düster deutet. Ich halte dieses Gerät daher für die natürliche Fortsetzung ihrer Phantasien, das getreue Abbild ihrer Halluzinationen. Und auch ich, Monsieur, denke bisweilen schon, die Welt, in der ich lebe, sei ein Riesenschwindel, ein makabres Märchen, von A bis Z erfunden vom kranken Hirn meiner Mutter, und diese Welt könne von einem Augenblick auf den anderen zerstört werden und sich in nichts auflösen. Und ich mit.

Plötzlich hielt ich inne, überrascht von meiner langen Rede. Mir war klar geworden, daß ich dem Gerichtsvollzieher, obgleich er mir einen starken Widerwillen einflößte, Geheimnisse anvertraute, die ich noch nie zuvor jemandem anvertraut hatte. Ich war beschämt. Was hatte mich dazu gebracht? Etwa der gemeine Wunsch, sein Mitleid zu erregen? Das lang unterdrückte Bedürfnis, einer Menschenseele mein Herz auszuschütten über die mütterlichen Verirrungen, die ich vor meiner Umwelt verborgen hielt, um den Klatsch zu unterbinden, der in dieser Gegend blüht und gedeiht? Oder verhielt ich mich gar wie diese ekelhaften Eigenbrötler, die keine Gelegenheit versäumen, um im Frisiersalon oder im Lebensmittelgeschäft einen

Seelenstriptease hinzulegen und ihre privaten Streitigkeiten vor fremden Leuten auszubreiten?
Eines ist jedenfalls sicher, ich sprach zu ihm über meine Mutter, wie ich nie zuvor mit jemand über sie zu sprechen gewagt hatte, obwohl mir die Ungehörigkeit eines derartigen Übergriffs dumpf bewußt war.
Ich kann Mama und ihre schauderhaften Weissagungen immer weniger ertragen, gestand ich, und je mehr die Zeit vergeht, Monsieur, um so stärker habe ich den Eindruck, daß auch ich allmählich von ihrem Irrsinn heimgesucht werde.
Mache ich einen verrückten Eindruck auf Sie, Herr Gerichtsvollzieher?
Der Gerichtsvollzieher sah mich wortlos mit einem undefinierbaren Ausdruck an, weder feindlich noch freundlich, trat mit festen Schritten auf das Sofa zu und notierte: klassisches Zweiersofa, mit grünem, durchgesessenem Ripsbezug, an der rechten Armlehne zerrissen

11 Es war ein Sofa wie dieses hier, auf dem deine Großmutter zusammenbrach, als sie aus dem Café nach Hause kam, sagte meine Mutter und zündete sich eine Gitane an.

Es geht schon wieder los, flüsterte ich dem Gerichtsvollzieher verstohlen zu und bohrte mir den Zeigefinger in die Schläfe.

An jenem Abend, Liebes, jätete deine Großmutter nicht, wie sie es sonst alle Abende tat, den Gemüsegarten. Sie richtete kein freundliches Wort an die

Jedesmal, wenn sie sich in ihre Vergangenheit vertieft, stürzt sie prompt ab, murmelte ich mit mitleidigem Gesichtsausdruck.

an die Hühner, denen sie unsere Exkremente verfütterte. Sie schrie nicht vor Freude auf beim Anblick der Pfingstrosen, die ihre roten Herzen zu öffnen begannen, und übte nicht, wie versprochen, mit mir Mambo tanzen. An jenem Abend, Liebes, zeigte deine Großmutter keine Spur von Unmut, als Filo ihre Einkaufsqualen schilderte und zum tausendsten Mal all die Lebensmittel aufzählte, die sie zu ihrem größten Leidwesen nicht bekommen konnte. Während der ganzen Mahlzeit verharrte sie in einer Art schmerzlicher Indifferenz, die Augen auf die Sardinenbüchse geheftet, die sie Monsieur Legoumaut nach endlosem Bitten und Betteln abgeluchst hatte, um eine Öllampe daraus zu fabrizieren. Und als wir in das eiskalte Ehebett schlüpften, in dem wir gemeinsam schliefen, seit mein Vater in den Krieg gezogen war, spürte ich, daß sie lange mit offenen Augen dalag und die Finsternis befragte.

Mama, du sollst nicht soviel reden, du wirst dich überanstrengen, sagte ich vorsichtig, damit sie sich etwas kürzer fasse.
Unterbrich mich doch nicht alle Augenblicke lang, herrschte meine Mutter mich an und fuhr fort:
Die ganze Woche lief deine Großmutter mit einem gequälten, schuldbewußten Gesichtsausdruck herum, den ich noch nie an ihr gesehen hatte, sie vernachlässigte die Hühner, die Blumen, unsere Katze Victoire und auch mich, sie hörte nur mit halbem Ohr hin, wenn Henriot über Rundfunk seine donnernden Ansprachen losließ, bei denen es ihr normalerweise kalt über den Rücken lief, und sogar Tino Rossi mit seinem schnulzigen Gurren in Radio Andorra, dem sie gewöhnlich voller Andacht lauschte, um die Worte, die wie Honig aus seinem Munde flossen, mitzusummen, ließ sie auf einmal völlig kalt. Wie angenagelt saß sie an ihrer Nähmaschine, führte mit mechanischen Bewegungen den Stoff unter der Nadel, sprang unvermittelt auf und lief hinaus in den Garten, wo sie Stunden reglos dastand und das leise Rauschen der Ulmen verfolgte, in dem sie ein Murmeln vernahm, das außer ihr niemand hören konnte.
Und am Freitag abend, Liebes, als mein Bruder Jean aus Toulouse nach Hause kam, wo er unter der Woche lebte, verkündete deine Großmutter uns, sie wolle ihrer Schwester Thérèse, von der sie seit elf Jahren nichts gehört habe, einen Besuch abstatten, spätestens übermorgen wäre sie zurück, macht euch keine Sorgen, gib auf deine Schwester acht, Jean, paß auf, daß sie nicht allein zum Fluß geht, die Strömung ist dort so gefährlich.

Am nächsten Tag nahm deine Großmutter den 7-Uhr-Bus, der sie zum Bahnhof von Toulouse brachte, wo sie den Zug nach Vichy bestieg. Denn im Lauf der Woche, Liebes, die auf den schrecklichen Brief gefolgt war, hatte deine Großmutter, wie sie uns Monate später erklärte, beschlossen, um Audienz bei Marschall Pétain anzusuchen, der jeden Donnerstag Besucher aus dem braven französischen Volk empfing. Und während der ganzen Fahrt, die ihr endlos erschien, sagte sie sich immer wieder innerlich die Worte vor, die sie an den Retter des Vaterlandes richten wollte.

Sie würde zitternd die Heiligen Hallen betreten.

Sie würde sich ihm zu Füßen werfen, nein, das wäre doch ein wenig übertrieben, sie würde lieber nur einen Knicks andeuten und ihren vor Bewunderung triefenden Blick in die bläulichen Tiefen der Augen des Marschalls versenken. Exzellenz, nein, das hörte sich zu unterwürfig an, Heißverehrter Herr Marschall, auch nicht, das klang bauchpinslerisch. Bester aller Marschälle vielleicht? Deine Großmutter zögerte lange zwischen den einzelnen Beinamen, mit denen der Marschall in Rundfunk und Presse bedacht wurde: Oberster Chef, der das Vaterland dem sicheren Untergang entrissen hatte: nicht schlecht; unfehlbarer Führer, der uns vor den Kommunisten und ihren geplanten Massenmorden errettet hatte: zu lang; Wächter des Westens: banal; Wohltäter Frankreichs, gütig, gerecht und in allen Lebenslagen von einem besonnenen Willen beseelt, der den Individualismus abgeschafft hatte, diese Droge, dieses Übel, schlimmer als die Alkoholsucht: viel zu kompliziert; der Held, der die Kräfte des Bösen geknebelt und siegreich gegen den Klassenkampf gekämpft hatte, welcher wiederum nichts anderes war als ein Hirngespinst ausländischer Juden: nicht minder umständlich; Franzose der Franzosen; Große Eiche; Vater, der dem Vaterland den unverhofften Frieden gebracht hatte; Ei des Adlers; Liebkind der Nazis: nein, nein, das nicht; geborenes Oberhaupt; lebendiger Mythos; Sieger von Verdun, der ein Frankreich wollte, rein und ewig wie der Schnee auf dem Kilimandscharo; triumphierender Cäsar, der die spanischen Verbrecher in die Knie gezwungen hatte, diese Wilden, die in ihrem Land sämtlichen Pfarrern die Kehle durchgeschnitten hatten und sich nun einbildeten, in Frankreich ein neues Leben beginnen zu können, na, die kommen gerade recht, höhnte der Marschall, wir werden ihnen schon einen gehörigen Empfang bescheren! sagte er, tausend Dank, Herr Marschall, für Ihre unerbittliche Weisheit; einziges und alleiniges Oberhaupt, das über die Reinheit unserer Rasse wachte wie eine Mutter über ihre Kinder: zu ausufernd; mächtiger Blitzableiter: lächerlich; pharaonischer Herrscher: zu demagogisch; vortrefflicher Freund des Erlauchten Generalissimo Francisco Franco; bewundernswerter Bewunderer des strengen Asketen Salazar; göttliches, von der Vorsehung auserwähltes Werkzeug; der Mann, der sich auf dem Altar des Vaterlandes hingeopfert hat; der Mann, der Frankreich verteidigte und nur mit einem einzigen Makel behaftet war, dem der Sterblichkeit;

Herr Marschall, würde sie ihn schlicht und einfach nennen, da Sie mir die Ehre zuteil werden lassen, mir ein paar Minuten Ihrer kostbaren Zeit zu opfern, gestatten Sie mir, Ihrer unendlichen Scharfsicht einige bescheidene Überlegungen zu unterbreiten? Folgende Sache, Herr Marschall, spinnt sich hinter Ihrem Rücken, und dann würde sie die Fakten darlegen, ohne die Denunzianten zu diffamieren, wohl aber würde sie die Diffamierten namentlich nennen, damit sie von den Anschuldigungen reingewaschen werden konnten. Ich bestreite nicht im geringsten, würde sie sagen, daß wir unser Land verteidigen müssen gegen die Komplotte der blutrünstigen, von den Bolschewiken finanzierten Terroristen und daß wir diese schonungslos vernichten müssen. Ich verstehe vollkommen, daß wir Ihrem Aufruf Folge leisten und mit unerbittlicher Konsequenz die subversiven Elemente denunzieren sollen, die eine ständig wachsende Grausamkeit an den Tag legen und Frankreichs Ehre besudeln, wie es auf Ihren Plakaten mit Recht zu lesen steht. Es ist dies die heilige Pflicht eines jeden Bürgers. Auch habe ich im allgemeinen sehr viel übrig für das Briefeschreiben (Fingerspitzengefühl, sagte sie sich, im Fingerspitzengefühl liegt das ganze Geheimnis erfolgreicher Verhandlungen) und zweifle keine Sekunde an der hochstehenden Moral jener, die die verwerflichen Taten der Verschwörer auf schriftlichem Wege zur Anzeige bringen. Könnte man aber nicht unter Umständen, würde sie nach diesen taktvollen Umschreibungen vorsichtig andeuten, das Kopfgeld, das den Judassen lacht, streichen oder zumindest kürzen, um das Motiv der Käuflichkeit auszuschalten? Denn Mensch bleibt Mensch, würde sie hinzufügen, und der schnöde Mammon ist nicht gerade ein Motor der Tugend.

Aus diesem Grunde nehme ich mir, trotz der abgrundtiefen Ergebenheit, in der ich Ihnen verbunden bin, und der

grenzenlosen Lobhudelei, die ich Ihnen darbiete, nein, entgegenbringe, würde sie besser sagen, nehme ich mir also die Freiheit, Herrn Marschall einen Vorschlag unterbreiten zu wollen: Sollte man das Volk nicht besser dazu anhalten, die Verdienste seiner Mitmenschen anzuerkennen, als in ihren Untugenden zu wühlen?
Selbstverständlich bin ich überzeugt davon, Herr Marschall, daß die Entscheidung, Denunzianten zu belohnen, nicht einem so hochstehenden Geist wie dem Ihren entsprungen sein kann. Es ist mir daher ein Anliegen, Sie im Namen meiner sozusagen töchterlichen, ehrerbietigen Liebe zu warnen vor den Herrschaften Ihrer Umgebung, die Ihnen gar schlechte Berater sind und Sie in ruchloser Weise in Unwissenheit über Ihr Volk belassen, dessen Niederträchtigkeiten sie vor Ihnen verbergen, als wären es die eigenen, und Sie dergestalt daran hindern, der, wie man so sagt, bitteren Wahrheit ins Auge zu blicken.
Und an dieser Stelle würde sie ihren großen Schlag führen. Trennen Sie sich doch von diesem Abschaum, würde sie sagen. Verjagen Sie diesen Gift und Galle speienden Halunkenhaufen scheinheiliger, intrigengeiler Speichellecker, die Ihnen schmeicheln, um zu arrivieren, die Ihnen schmeicheln, um zu reüssieren, die ihre Schmeicheleien absondern wie andere ihren Kot, dieses nach Titeln und Medaillen lechzende Gesindel, diese meuchlerische Meute raffinierter, von Raffgier und Machtgier getriebener Rüden, die sich die Lungen heiser schreien vor lauter Lügen, inkompetentes Pack, von Habsucht und Charakterschwäche angekränkelt, betrügerische Brüder, die Ihnen allerhand vorflunkern in der Absicht, Sie hinters Licht zu

führen und an Ihrem Glanz zu kratzen, in dessen Schutz ihre Umtriebe gedeihen wie Unkraut. Verzeihen Sie meine Offenheit, Herr Marschall, wenn ich Ihnen sage, daß diese Leute Sie verhohnepipeln, allen voran Laval, würde sie durchblicken lassen und all die Phrasen wiedergeben, die unzählige Male von Larzillière und Desmottes gedroschen worden waren, in denen sie ihre Mentoren sah, bevor sie sich als Feinde entpuppt hatten.

Schon gut, Herr Marschall, ich höre ja schon auf, es ist jedoch vonnöten, daß diese jämmerlichen Wichte schleunigst das Feld räumen und sich, mit Verlaub, zum Henker scheren, bitteschön, denn sie tragen die Schuld daran, daß Sie, Herr Marschall, ein ganz falsches Bild von unserem Land bekommen, sie lügen Ihnen ins Gesicht und intrigieren hinter Ihrem Rücken, und zu nachtbackener Stunde, wenn alles schläft in Ihrem Hotel, zetteln sie armselige Verschwörungen an, die, kaum beschlossen, ohnehin zusammenfallen wie ein Kartenhaus.

Sie sind, würde deine Großmutter sagen, ehe sie sich verabschiedete, Sie sind ein Mann von reiner Seele, der von lauter Schakalen umgeben ist. Weg mit den Schakalen! Heißt es Schakale oder Schakals? fragte meine Mutter den Gerichtsvollzieher, der die Antwort schuldig blieb.

Der Marschall würde ihr überschwenglich danken. Meinen aufrichtigen Dank, liebe Dame. Wie ist der werte Name? Jeanne Mélie, Herr Marschall, wenn's beliebt. Haben Sie Kinder, liebe Madame Amélie? Zwei prachtvolle Exemplare, Herr Marschall, mein Jean ist achtzehn, und meine kleine Rose wird demnächst sieben. Meinen herzlichen Glückwunsch, liebe Dame. Meinen innigsten Dank, Herr

Marschall. Und dann würde sie wieder nach Hause fahren, leichten Herzens, frohen Sinns usw.

Als deine Großmutter am Bahnhof ankam, Liebes, sagte Mama, war sie im ersten Moment verwirrt von den vielen fremden Gesichtern und dem lebhaften Treiben, das sie nicht gewohnt war (sie war in ihrem Leben erst bei zwei Gelegenheiten in die Stadt gekommen). Einen Augenblick lang wurde sie von der kindischen Angst ergriffen, verlorenzugehen, doch war ihre Entschlossenheit so groß, daß sie ihre Furcht besiegen konnte. Sie fragte nach dem Hôtel du Parc und ging vom Bahnhof zu Fuß dorthin. Sie eilte Straßen entlang, traf auf Frauen, die vor leeren Geschäften Schlange standen, sah, ohne sie wahrzunehmen, Plakate an den Häuserwänden mit der Aufschrift: SCHWARZMARKT IST EIN VERBRECHEN, VERTRAUEN SIE DEN DEUTSCHEN SOLDATEN, hingegen verlangsamte sie jedesmal, wenn sie das übergroße Porträt des Marschalls erblickte, den Schritt, um aus dem erhabenen Antlitz Mut zu schöpfen.

Als sie vor dem Hôtel du Parc angekommen war, wo sich zahlreiche Passanten mit Gabardinemänteln und weichen Hüten drängten, bemerkte deine Großmutter acht oder neun Angehörige der Mobilgarde, die vor dem Eingang Wache standen, vier Milizsoldaten, zweifelsfrei erkennbar an ihrem bösen Blick und ihrer Schießbereitschaft, ungefähr genauso liebenswürdig wie der da, sagte Mama mit einem Seitenblick auf den Gerichtsvollzieher, der keine Reaktion zeigte, sowie einen weiteren Wachtposten, der in einem Schilderhäuschen mitten auf dem Gehsteig saß, mit entsetzlich gelangweilter Miene.

Damit, Liebes, hatte deine Großmutter nicht gerechnet, daß sich so viele Wächter vor der Residenz des Retters von Frankreich befänden, sie stellte sich jedoch vor, sie alle seien hier versammelt, um die Liebe des Volkes zu seinem Staatsoberhaupt im Zaum zu halten, die, wie jedermann weiß, unermeßlich war.
Sie beschloß, sich an den Wächter zu wenden, der am wenigsten mürrisch aussah, und trat mit klopfendem Herzen auf den mitten am Gehsteig positionierten Wachtposten mit der entsetzlich gelangweilten Miene zu, verzeihen Sie bitte, und ersuchte ihn, tief ergriffen, dem Wohltäter des Vaterlandes Bericht erstatten zu dürfen über einen schändlichen Vorfall, dessen Zeugin und leider auch Komplizin sie geworden sei, bitte vielmals.
Weitergehen,
gab der Wachtposten von sich, und sein Gesicht verwandelte sich sofort wieder in ein Antlitz von Stein, so daß deine Großmutter sich fragte, ob er tatsächlich gesprochen hatte.
Ratlos tat sie ein paar Schritte auf die mit Karabinern bewaffneten Mobilgardisten zu, die ihr keinen sehr entgegenkommenden, um nicht zu sagen einen unsympathischen Eindruck machten, kaum hatte sie jedoch den Mund aufgetan, schlossen diese einen Kreis um sie.
Da begriff deine Großmutter, Liebes, daß die Passanten mit den Gabardinemänteln und den weichen Hüten in Wirklichkeit nichts anderes als Polizeibeamte in Zivil waren, denen sie mit großer Geduld auseinandersetzte, daß sie über fünfhundert Kilometer weit gefahren sei, um in einer hehren Sache vorzusprechen, nämlich wolle sie dem Mar-

schall die Schuppen von den Augen nehmen und ihn ins Bild setzen über
Ihren Ausweis,
fiel ihr der Polizist *ex abrupto* ins Wort und musterte eingehend die Photographie in ihrem Ausweis, schnitt eine skeptische Grimasse, blickte auf, um sie mit der lebenden Person zu vergleichen, schnitt eine noch skeptischere Grimasse. Und deine Großmutter begann vor Angst zu zittern, denn die Photographie, die im Jahr ihrer Hochzeit aufgenommen worden war, hatte keinerlei Ähnlichkeit mit ihr.
In dem Augenblick, als der Polizeibeamte ihr fast widerwillig, wie es aussah, ihren Ausweis zurückgab, riß ein Milizsoldat sie grob am Arm, hau ab hier, rote Hexe, der Herr Marschall hat keine Zeit für eine arme Irre.
Und als deine Großmutter sich abermals bemühte, den hohen Grund für ihr Erscheinen zu erklären, schrie ein zweiter Milizsoldat von der Statur eines Kolosses, der sie an den gedrungeneren der beiden Juel-Zwillinge erinnerte, sie an: Zieh Leine, hier haben Weiber nichts zu suchen, und versetzte ihr einen so heftigen Stoß in den Rücken, daß sie beinahe gestürzt wäre.
Sind das die Methoden, an denen Sie sich ein Beispiel nehmen? fragte meine Mutter den Gerichtsvollzieher in ausgelassenem, beinahe weltläufigem Ton (meine Mutter war auf dem Gebiet der sogenannten Heiß-Kalt-Methode nämlich eine Spezialistin, die ihresgleichen suchte), während der Angesprochene vor dem Einbauschrank hockte und beflissen die bunt durcheinandergewürfelten Gegenstände, die darin in namenloser Unordnung angehäuft

waren, in seine Liste aufnahm: ein kaputter Elektrotoaster; ein kleiner Camping-Gaskocher; sechs Paar abgetragene Schuhe; ein Schneebesen; ein Wecker mit zerbrochenem Glas; eine schwarze Plastikhandtasche; ein angeschlagener Aschenbecher in Herzform; ein roter Regenschirm mit zerrissener Bespannung

Und da geriet deine Großmutter, deren aufbrausenden Charakter du geerbt hast, Liebes, werde nicht gleich böse, da geriet deine Großmutter in Zorn, stieß Beschimpfungen hervor, stampfte auf und verteilte Fußtritte an die sechs Polizisten, die sich inzwischen auf sie gestürzt hatten und sie zu überwältigen versuchten.

Sie wurde auf einen Lastwagen geladen, der losraste wie in einem Spionagefilm. Fahrtziel: Hôtel Lardy. Ein gefürchteter Ort. Eine Art Hölle. Es handle sich lediglich um einige Formalitäten, sagten die Polizisten. Dies ist, wie du gewiß gleich erkannt hast, Liebes, ein Beispiel für einen Euphemismus, ein poetisches Verfahren, das großen Anklang findet bei bestimmten Rhetorikern eines neuen Schlags.

Zur selben Zeit

12 Zur selben Zeit hatte der Marschall im Speisesaal des Hôtel du Parc Doktor Ménétrel zu Gast, der gleichzeitig als Faktotum fungierte, als ergebener Leibarzt, beeideter Bücklingmacher, getreuer Schuhwichser, an quasi Sohnes Statt angenommener Lackaffe, persönlicher Antisemit und famoser Propagandist, Doktor Ménétrel, der einzige Sterbliche abgesehen von der Marschallin, der ihn bei seltenen Gelegenheiten mit Philippe anreden durfte, sich eines Tages vielleicht erkühnen würde, ihn schlicht Phil zu nennen oder gar Phiphi, der einzige auch, der es wagte, dem Marschall in gewichtigen Fragen die Stirn zu bieten, insbesondere in der Judenfrage, in der sich der Marschall, verzeihen Sie, Herr Marschall, viel zu gutmütig zeigte, ich spreche natürlich nicht von Ihrer Freundschaft mit der Marquise de Chasseloup-Laubat, das ist Ihre private Angelegenheit, jedoch könnte Ihre übertriebene Nachsicht mit den Angehörigen dieser Rasse, wenn ich mir die Warnung erlauben darf, als ein Zeichen von Schwäche ausgelegt werden, verstehen Sie mich recht, Herr Marschall, ich maße mir selbstverständlich keine Kritik an Ihrer

Bernard Ménétrel war eifrig bestrebt, täglich zwei bis drei sorgfältig ausgewählte Persönlichkeiten um den Tisch des Marschalls zu versammeln, deren Mission darin bestand, dem Marschall immer wieder zu versichern, er sei der verehrte Chef der Franzosen, der Retter des Vaterlandes, der dem Guten zum Sieg verholfen hatte, denn der Marschall wurde es nicht müde, sich an seiner eigenen Beweihräucherung zu weiden, er wollte es immer und immer wieder hören. Wer war es, der geschrieben hat, fragte Mama mich, um einen Menschen wirklich zu kennen, müsse man beobachten, wie er mit Lob umgehe, das er bekomme? Plinius der Jüngere, gab ich zur Antwort. Sehr richtig, sagte Mama. An jenem Tag also waren folgende Personen an den Tisch des Marschalls gebeten worden: Abbé Bouillon, der Milizgeistliche, der hochverwirrt, erschauernd, mit rotem Kopf und holdem Blick an den Lippen des großen Mannes hing, als nippte er am heiligen Kelch, und der seiner Bewunderung fortwährend durch ein geziertes Grimassieren Ausdruck verlieh, allen Äußerungen des Marschalls zustimmend und applaudierend, selbst seinem Schweigen; ferner war der Direktor des Statistischen Zentralamtes anwesend, der speziell geladen worden war, um dem Marschall anhand aussagekräftiger Unterlagen die Verehrung zu demonstrieren, die das französische Volk seiner ehrwürdigen Person entgegenbrachte, diese sei mit wissenschaftlichen Methoden, jawohl, mit wissenschaftlichen Methoden von meiner Fachabteilung gemessen worden, hier die Zahlen, sie sprechen für sich: In den 2.336.456 innerhalb eines Monats geöffneten Briefen beziehungsweise bei den 921.532 abgehörten Telephongesprächen hatten die Franzosen dem Marschall 3.257.906 Mal ihr Vertrauen ausgesprochen und ihrem festen Glauben an ihn Ausdruck verliehen, 56 Personen hatten sich ihm in Anteilnahme verbunden gezeigt, und nur 18 hatten eine feindliche Gesinnung an den Tag gelegt, wieviele? forschte der Marschall, der etwas schwerhörig war, nach. Acht, gab der Direktor des Statistischen Zentralamtes schwach von sich und warf Ménétrel einen hilfesuchenden Blick zu. Bleibt natürlich ein unerforschlicher Rest. Es sei denn, der Herr Marschall gedenke unerforschliche Reste für null und nichtig zu erklären. Das wäre selbstverständlich eine ausgezeichnete Lösung.

Der Marschall winkte mit liebenswürdiger, doch gebieterischer Geste den Maître d'hôtel zu sich, der mit begeistertem Gesicht herbeieilte. Der verehrte Marschall wünschte von den Erbsen à la française nachzunehmen, die sein Leibgericht waren. Die Marschallin bekundete ihr Mißfallen, indem sie Doktor Ménétrel mit einem intensiven Blick bedachte. Frau Marschall, die auf den Namen Virginie hörte, war der Ansicht, daß Herr Marschall zu viel aß. Mit fürsorglicher Zuvorkommenheit goß Doktor Ménétrel dem Retter Frankreichs einen dünnen Wasserstrahl in das zu drei Viertel mit einem Château-Lafite 1934 gefüllte Glas, und die Marschallin klimperte mit den Wimpern als Zeichen ihrer Zustimmung, der gute Ménétrel!

Während der verehrte Marschall sich den Bauch vollschlug, verlangte deine Großmutter, die, wie gesagt, ins Hôtel Lardy gebracht worden war, den Oberinspektor persönlich zu sprechen, was bei sämtlichen Polizisten eine riesige Heiterkeitswelle auslöste. Was bildest du dir eigentlich ein? herrschte einer von ihnen sie an, als sie sich endlich beruhigt hatten.

Zum Nachtisch wählte Frau Marschall eine Orangentorte, die sie sich in winzig kleinen Bissen zu kauen bemühte, um die verheerende Wirkung abzuschwächen, die ihr großer, lippenloser Mund auf die Gäste ihres Gatten hatte. Damals schrieb die Mode den Damen, wenn wir uns erinnern, kleine Öffnungen vor.

Der Wohltäter Frankreichs, der die zwischen Anarchie und Sozialismus zermalmte Ehre des Landes gerettet hatte, löffelte Erdbeeren mit Sahne in sich hinein, danach bestellte er einen Kaffee und dazu ein Schlückchen Cognac. In Augenblicken wie diesen, zwischen Nachtisch und Kaffee mit einem Schlückchen Cognac, ließ der Marschall sein gutes Herz sprechen. Der Marschall, dem zitternd einige Tropfen Kaffee am Schnurrbart hingen, diktierte Ménétrel die Verordnungen seiner Gutherzigkeit. Wir, Philippe Pétain, Marschall von Frankreich, Chef des Französischen Staates, erlassen mit heutigem Datum folgende Bestimmungen:

Die französischen Frauen brauchen sich fortan nicht mehr mit einer Arbeit abzuplagen, die ihrer unwürdig ist, sie dürfen zu Hause im Warmen bleiben an ihrem lieben Herd, wo sie schön brav die Heimkehr ihrer Gefangenen von den Lagerabenteuern erwarten sollen. Wie großzügig, wie überaus freigiebig!

Unsere Sportskanone Jean Borotra wird die Leitung von Jugendlagern übernehmen, in denen junge Burschen aller Schichten patriotischen Aktivitäten wie Bäumefällen oder Beschotterung der Straßen nachgehen dürfen, wo sie im Kreis um ein Lagerfeuer sitzend *Maréchal, nous voilà* singen und sich zur Reinigung ihres Körpers mit kaltem Wasser waschen können, denn all diese Aktivitäten stellen über die nicht zu bestreitende patriotische Wirksamkeit hinaus ein vorzügliches Korrektiv gegen libidinöse Triebregungen dar, so schlagen wir gleich zwei Fliegen mit einem Schlag. Was für eine hervorragende Idee!

Die Juden brauchen sich nicht länger den Schädel über die Führung ihrer Geschäfte zu zerbrechen, die von anderen für sie erledigt werden wird. Wie wohltätig! Welche Langmut!

Nun war der Marschall seiner Gutherzigkeit müde. Er verstummte. Die Lider wurden ihm schwer, und der Schlaf begann ihm an den Füßen emporzukriechen.

Monsieur Lafreu, der Verantwortliche für den Industrieausrüstungsplan, wurde zu Hilfe gerufen, um dem Einnicken des Marschalls entgegenzuwirken. Lafreu war von seiner Veranlagung her kein sehr gelassener Mensch. Er stotterte, speichelte, entschuldigte sich, errötete, verhedderte sich noch mehr und präsentierte schließlich mit erstickter Stimme sein Sechzehn-Strafen, Verzeihung, Sechzehn-Straßen-Projekt, bei dem die Straßen sternförmig auf Paris zulaufen sollten, um in sechzehn stadttorähnliche Anlagen monumentalen Ausmaßes zu münden, diesen Stadtgürtel wollen wir den Allmarsch, äh, den Marschall-Ring nennen, ein großes Projekt für eine nicht minder große Persönlichkeit, Hüsteln.

Jedoch der Marschall war nicht blöd. Er sagte sich, daß er längst unter der Erde läge, bis diese Straßen fertiggestellt wären, und nahm sich nicht die Mühe, den Rest anzuhören. Sein Kinn sank ihm auf den schlaffen Greisenhals, und er selbst sank, mit offenem Mund, in einen tiefen Schlaf.

Zur gleichen Zeit, Liebes, wurde deine Großmutter in einen nach Desinfektionsmittel stinkenden Raum gebracht, in dem sich außer einem Tisch und einer gräulichen Holzbank an der Wand keinerlei Einrichtungsgegenstände befanden.

Nach zwei Stunden kam ein Polizist hereingestürmt, so einer wie der da, sagte Mama und deutete mit dem Kinn auf den Gerichtsvollzieher, der immer noch vor dem Einbauschrank hockte und unser Gerümpel sortierte. Sieh nur, was für ein Chaos er anrichtet, rief sie, ungeachtet der verzweifelten Zeichen, die ich ihr machte, damit sie leiser sprach.

Dieser Polizist, Liebes, stürzte sich auf deine Großmutter, die es mit der Angst zu tun bekam, durchwühlte frenetisch ihre Taschen, leerte mit den fuchtigen Bewegungen eines Psychopathen den Inhalt ihrer Handtasche auf den Tisch, warf in einer Anhäufung von Ticks und Zuckungen ihre Habseligkeiten umher, ihren Ausweis, ihren knallroten Lippenstift, die Photographie von Jean und mir unter den Ulmen, ihre Nadelschützer, ihren Hornkamm, ihr Portemonnaie mit dem Schnappverschluß sowie einen zweifach gefalteten Brief, auf den deine Großmutter hastig die Hand legte.

Nach seinem Mittagsschläfchen schloß der verehrte Marschall sich im überheizten Arbeitszimmer im Pavillon Sévigné ein, in Gesellschaft seines treuen Ménétrel, der ihm die Post vorlas, die er erhalten hatte und die in drei Kategorien eingeteilt wurde: erstens Privatbriefe; zweitens Denunziationsschreiben; drittens offizielle Korrespondenz.

Ménétrel begann mit dem ersten Stapel und öffnete vier der dreitausend Briefe, die täglich einlangten und in denen der Marschall mit Jesus Christus verglichen wurde, mit Ludwig dem Heiligen, dem Papst, dem Ritter ohne Furcht und Tadel und ganz allgemein mit dem Größten und Schönsten, was es auf Erden gab, und der Marschall, der gerührt war, zwinkerte mit den Augen, immer wenn der Marschall gerührt war, blinzelten seine Augen, je gerührter er war, um so stärker blinzelten seine Augen, eine große Freude war das für alle Franzosen, ihren Marschall blinzeln zu sehen, und sein gesamtes Umfeld verbrachte die Zeit damit, ängstlich besorgt die Geschwindigkeit seiner Blinzeleien zu verfolgen, die Höchstzahl, die je erreicht worden war, lag bei sechs Blinzlern in der Sekunde. Oh Frankreich, süße Mutter, oh mein schönes Vaterland, in frommer Haltung Deiner blutenden Flanke zugeneigt, blicke ich untröstlich und voll Schmerzen auf Dein leidgeprüftes Angesicht und Deine kranken Glieder. Das reicht, das reicht, unterbrach ihn der Marschall, der keinen Sinn für Poesie hatte, ungeduldig.

Ménétrel brachte noch einige wenige Passagen zur Verlesung und schloß dann, wie gewöhnlich, mit den schweinischen Briefen, die der Marschall hingerissen mit den Lidern schlagend hörte, warum sind eigentlich alle alten Kracher so geile Böcke? fragte Mama. Ich küsse Ihren heißverehrten Marschallszapfen, las Ménétrel, und lecke ihn voller Ehrerbietung, heißverehrter Herr Marschall, und ich stecke ihn mir in

Es ist anscheinend erwiesen, sagte Mama, daß die meisten Frauen sich von dominanten Wesen sexuell angezogen fühlen, weil sie ihnen beim Unzuchttreiben dieselbe Dominanz unterstellen wie beim Geschäftetreiben, während diese sich in Wirklichkeit als unreife, weinerliche, sentimentale Bubis herausstellen. Woraus folgt, sagte Mama, daß die meisten Frauen mit Einfalt geschlagen sind. Ich stelle das mit Bedauern fest. Können auch Sie, Herr Professor, diese Erfahrung bestätigen? Der Gerichtsvollzieher, der den Kopf im Schrank vergraben hatte, geruhte seine Ansicht nicht kundzutun.

Ménétrel machte sich an den Stapel mit den Denunziationsbriefen, die der Marschall gar nicht liebte, doch war er der Staatschef, und in dieser seiner Eigenschaft mußte er über sämtliche Geheimnisse Bescheid wissen, die die Franzosen in der Schwärze ihrer Seelen verborgen hielten. Venerque/Haute-Garonne, den 12. Januar 1943. Hochverehrter Herr Marschall! Wir fühlen uns sehr geehrt, Ihrer geschätzten Aufmerksamkeit folgenden Fall zur Kenntnis bringen zu dürfen: Ein gewisser Robert Biron, wohnhaft in Venerque, wurde wegen seines angeblichen Rheumaleidens skandalöserweise für untauglich erklärt und vom obligatorischen Arbeitsdienst befreit, obwohl er in guter füsischer Verfassung ist und eine

Leiten Sie das an Bousquet weiter, mein Lieber, das ist seine Angelegenheit.

Am späteren Nachmittag wurde deine Großmutter sogar Kommissar Henry persönlich vorgeführt, wirst du mir jetzt sagen, was du hier zu suchen hattest? Raus mit der Sprache, und erzähl mir keine Scheiße! brüllte der furchterregende Kommissar sie an. Deiner Großmutter, Liebes, wäre es nicht im Traum eingefallen, ihm Scheiße zu erzählen. Davon abgesehen wußte sie in ihrem Schrecken aber nicht so recht, was sie sagen oder nicht sagen sollte. Spuckst du's endlich aus, verdammt noch mal? schrie der Kommissar und schlug mit der Faust auf den Tisch. Und da meine Mutter in ihrer Panik weiterhin schwieg, sprang er mit einem Satz auf und packte sie brutal am Kinn: Was hattest du dich vor dem Hôtel du Parc herumzutreiben? Spuck's aus! Na wird's bald? Aha, Madame macht Mätzchen, Madame will ihre kleinen Geheimnisse ganz für sich allein behalten, Madame bildet sich vielleicht ein, ich werde die ganze Nacht drauf warten, daß sie ihr reizendes Mundwerk aufmacht. Runter mit den Klamotten, schrie er an die Adresse der Polizisten, und komplett durchsuchen, und wenn ich sage komplett, meine ich auch komplett, ist das klar?

Punkt sechzehn Uhr unternahm Frankreichs Retter unter Hinterlassung fünfundsiebzig Zentimeter langer Fußspuren, ein untrügliches Zeichen seiner inneren Ausgeglichenheit, einen kleinen Verdauungsspaziergang, flankiert von Ménétrel und vier Polizisten in Zivil. Die Luft im Freien machte ihn munter, und er begann unverzüglich mit zittriger Stimme die Verbote abzuspulen, die in seinen nächsten Verordnungen aufzuscheinen hätten.

Bernard, mein Lieber, wollen Sie notieren:

Punkt eins. Ich untersage die Brotvergeudung.

Was für eine bemerkenswerte Entscheidung, Herr Marschall!

Punkt zwei. Ich untersage die Verwendung von Epitheta.

Bewundernswert, Herr Marschall, wie beherzt!

Punkt drei. Ich untersage Tanzveranstaltungen, weil es sich dabei um höchst unpatriotische Zusammenkünfte handelt, die sich mit der französischen Würde nach meinem Verständnis nicht vereinbaren lassen. In Ménétrels Ohr: Finden Sie nicht, mein Lieber, daß der Foxtrott, dieser direkt aus England importierte Tanz, bei dem die Tänzer ruckartige, laszive Bewegungen vollführen, vorwärts, rückwärts, seitwärts, vorwärts, rückwärts, seitwärts und so weiter, finden Sie nicht, daß dieser Foxtrott die vertikale Version des

Einfach entsetzlich! rief Doktor Ménétrel aus.

Eine elegante Dame, die ihren Weg kreuzte, öffnete dümmlich den Mund und führte die Hand an ihr Herz, ein Inbild der Verehrung. Wollen wir festhalten, daß diese beiden Abläufe absolut gleichzeitig vonstatten gingen.

In genau demselben Augenblick befahl man meiner Mutter: Runter mit den Klamotten, aber plötzlich! Deine Großmutter, halbtot vor Scham, entkleidete sich, reichte dem Polizeibeamten mit einer Hand verängstigt ihre Kleidungsstücke, während sie mit der anderen Hand ihr Geschlecht bedeckte. Diese keusche Geste brachte den ohnehin erregten Polizisten vollends in Harnisch, er tastete mit elektrischen Fingern jeden Zentimeter Saum ab, stach wie wild mit einem Messer auf die Schulterpolster ihres Mantels ein, die nichts als Werg ausspien, und ließ schließlich ab, um mit aufgebrachten Schritten einem anderen Schicksal entgegenzueilen.

Am späten Nachmittag schenkte der verehrte Marschall dem Liftboy, der darob beinah in Ohnmacht gefallen wäre, eine Franziska, und zog sich dann in sein Zimmer zurück, wo er mit der Marschallin eine Partie Besik bestritt, bei der er nicht umhin konnte zu schwindeln. Du mogelst, ich habe es gesehen! rief die Marschallin, das ist nicht wahr, du lügst! schrie der Marschall, doch die Marschallin gab seufzend nach und ließ den Marschall gewinnen. Sie mußten ihren Alteheleutestreit unbedingt mäßigen, dessen Töne unerlaubt durch die Hotelwände gedrungen wären, um

unverzüglich von den stets gespitzten Ohren der Minister verschluckt zu werden, die sich in der Nähe befanden und sie Tag und Nacht belauerten.
Dann stand der Marschall mit jenem abstoßend gierigen Ausdruck, den alte Knacker bekommen, wenn sie hinter etwas her sind, lange vor den Photographien seines Volkes und wollte seine lüsternen Augen gar nicht mehr von ihm lassen.
Denn das Volk liebte den Marschall.
Und der Marschall liebte es, daß das Volk ihn liebte.
Denn der Marschall liebte sich selbst.
Der sich liebende Greis versenkte sich stundenlang in die Betrachtung der Bilder von seinem Ruhm, die im Laufe seiner mannigfachen Reisen aufgenommen worden waren: enthusiastische Menschenmengen, hysterisches Gebrüll aus bürgermeisterlichen Mündern von girlandengeschmückten Balkonen herab, billige Beteuerungen, die der unbedarften Meute zum Fraß vorgeworfen wurden, Vivat! Vivat!, rasende Begeisterung, bis zum Delirium sich steigernde Liebe des Volkes zu seinem Oberhaupt, gelobt sei unser Marschall, Gott schütze unseren Marschall, Ruhm heut' und allezeit für unseren Marschall, endlose Ovationen, die ihm buchstäblich zu Herzen gingen und ihm Tränen in die Augen trieben, all diese Aufregung wird dich noch umbringen, sorgte sich die Marschallin, aber keineswegs, ganz im Gegenteil, versicherte Ménétrel, hohle Phrasen, mit hehren Wörtern verziert, Vaterland, Vaterland, Vaterland, Vaterland, Vaterland, Vaterland, Vaterland, pompöse Aufmärsche mit Fanfaren und Trompeten, Dithyramben noch und nöcher, emphatische Reden mit der

Ermahnung an die Jugend, zuhauf in die Jugendlager zu ziehen und dort zu schuften und zu schaffen für Null Komma Nichts, allons enfants, Gedenkmessen für die Verreckten, Ruhm den Tausenden Verreckten, in Schwärmen angerückte Photographen, die ständig im Gleichschritt einen Schritt zurück oder nach vorn oder zur Seite taten, wie bei einem Foxtrott, junge Mädchen in Uniform, die ihm rosa Rosen auf den Weg streuten, die Beine versagen mir den Dienst, Nonnen, die sich in mystischem Orgasmus wanden, so etwas gibt es, und sich bei seinem Erscheinen bekreuzigten, unterjochte Mütter, die ihre zitternden Hände entgegenstreckten, in der Hoffnung, einen Zipfel von ihm, welchen eigentlich?, zu erhaschen, Schulkinder, die singend schworen, ihm zu dienen und zu folgen und in seine Fußstapfen zu treten, kurz: eine Stimmung wie bei einem Volksaufmarsch im alten Rom.
Um achtzehn Uhr kamen zwei Gendarmen von Venerque zu uns nach Hause, wo mein Bruder und ich halb wahnsinnig vor Angst auf die Rückkehr unserer Mutter warteten, aufmachen! Polizei! schrien sie, und mit der Begründung, von den Behörden in Vichy beauftragt worden zu sein, rissen sie die Schränke auf, räumten sämtliche Kommoden und Kästen aus, drehten die Matratzen um, was suchten sie nur?, sie wußten es selbst nicht, ihr Chef hatte ihnen, wie immer, nichts Genaues gesagt, doch Gesetz ist Gesetz und Befehl ist Befehl, sie schlugen die Teppiche zurück, warfen den Mülleimer um, leerten den Sack mit Asche aus, leerten die Kisten mit den ausgekeimten Kartoffeln aus, leerten überhaupt alles aus, was man nur ausleeren konnte, genau wie dieser Rüpel da, der mir langsam

wirklich auf den Geist geht, murrte meine Mutter und bohrte ihren Blick in den Rücken des Gerichtsvollziehers, der bei der Ausgrabung unserer Armseligkeiten zu keinem Ende zu kommen schien.

Um neunzehn Uhr dreißig ging der Marschall kacken.

Um neunzehn Uhr vierzig erfreute er sich an seinen Geschenken.

Denn von Geschenken wurden seine Gemächer richtiggehend überschwemmt, weshalb, unterbrach meine Mutter sich, werden immer gerade die mit Geschenken überhäuft, die schon alles haben?, die Präsente kamen aus allen Gegenden Frankreichs, Kreuzstichstickereien, die den Marschall in jeder nur erdenklichen Pose zeigten, Vasen, Medaillen, unzählige Schmuckstücke, wenn es nach mir ginge, meckerte die Marschallin, ich würde diesen ganzen Mist wegwerfen, Schatullen mit Muschelintarsien, in denen sein Name zu lesen stand, Zierdecken, auf die ineinander verschlungen seine Initialen gestickt waren, PP, Gräßlichkeiten sonder Zahl.

Können wir das Zeug nicht einfach verkaufen? schlug die Marschallin vor, die eine höchst praktisch denkende Person war. Kommt nicht in Frage! Der Marschall war strikt dagegen. Sich auch nur von einem einzigen dieser Gegenstände zu trennen, und sei es nur von einer Krawattennadel, konnte der Marschall nicht übers Herz bringen. Er war ein Analsadist. Man merkt, daß du hier nicht aufräumen mußt, warf die Marschallin ihm vor.

Doch der Marschall ließ die Zügel seiner Autorität nicht locker. Nie. Bis in die intimsten Sphären war und blieb der Marschall der unumstrittene, allwissende Chef, und so türmten sich die fürchterlichen Geschenke auf den Tischen, Kommoden und sogar auf dem Boden. So eine Unordnung, klagte die Marschallin, und das in der Residenz eines Staatschefs!

Um zwanzig Uhr befahl der aufgeregte Polizist deiner Großmutter, sich wieder anzuziehen. Dann befahl er ihr, ihm in einen anderen Raum zu folgen. Danach befahl er ihr, sich auf eine Bank zu setzen. Danach befahl er ihr, vom Ofen fernzubleiben. Danach befahl er sich selbst, in Habt-acht-Stellung vor der Tür Wache zu beziehen. Nach ein paar Sekunden befahl er sich, wegzutreten, wegtreten!, und gehorchte unverzüglich.

Um einundzwanzig Uhr lag der Marschall in seinem schönen, weichen Messingbett und schlug den Roman *Gaspard des montagnes* auf. Bei Seite zwei angekommen, schlief er ein.

Und wenn Sie alles auf den Kopf stellen, Sie werden nichts finden! Nichts und wieder nichts! schrie meine Mutter den Gerichtsvollzieher an, als wäre ihr seine Anwesenheit plötzlich wieder eingefallen. Der Gerichtsvollzieher blickte sie mit einem völlig ausdruckslosen Gesicht an, allerhöchstens war ein leichtes Zucken über der linken Augenbraue zu erkennen.

Deine Großmutter, Liebes, fuhr meine Mutter fort und ließ sich auf einen Stuhl sinken, deine Großmutter mußte volle zwei Tage auf dieser Bank sitzen bleiben, zitternd vor Kälte, Hunger und Durst leidend, und sie hatte alle Zeit der Welt, hunderte Male die Plakate der Freiwilligenlegion zu studieren, die an den Wänden hingen und die Jugend einluden, ihr Leben für das dankbare Vaterland zu lassen,

denn für das dankbare Vaterland sein Leben zu lassen war damals, sagte Mama, eine Ehre, für das Vaterland sein Leben zu lassen bedeutete eine Art Aufstieg in der Hierarchie des Todes.
Auf einem dieser Plakate war, in vorteilhafter Pose, ein Soldat zu sehen, leicht vorstehender Oberkiefer, sturer Blick, kantiges Kinn, wie bei allen Leuten, die ihr Leben in die Hand nehmen, jedes Hindernis besiegen und gradlinig auf eine Zukunft zumarschieren, über der der Adler der Umnachtung seine Schwingen ausbreitet, die ihrerseits von einem Chef überragt wird, der gegen das ausländische Verbrecherpack wütet, können Sie mir folgen?, und dieser Soldat erinnerte deine Großmutter an den muskulöseren der beiden Juel-Zwillinge. Und da überkam sie das Bedürfnis, uns, Jean und mich, fest an sich zu drücken und mit Kosewörtern zu überhäufen, meine Küken, meine Kleinen, meine süßen Goldkinder, meine Engel, die vom Himmel gefallen sind, bis die Juel-Zwillinge uns keine Angst mehr einjagen konnten, und sie brach in Schluchzen aus und murmelte unter Tränen: Meine Küken, meine Lieblinge, meine süßen Herzen, meine wilden Schätzchen.
Allerdings, vertraute sie uns sehr viel später an, erwies sich diese Haft, so zermürbend sie auch war, als äußerst fruchtbar, verhalf sie ihr doch in nur zwei Tagen zu der Erfahrung eines ganzen Jahres oder eines noch größeren Zeitraums. In dieser kurzen Zeitspanne spürte sie, wie sie sagte, die Möglichkeiten ihres Verstandes sich erhitzen bis zum Weißglühen. Ihr wurde so etwas wie eine Erleuchtung zuteil, jedoch eine schwarze Erleuchtung, ein Feuer müßte man eigentlich sagen, das die Dinge in einem grellen Licht

erscheinen ließ und sie gleichzeitig verdunkelte und ihr die Erde von einem schmutzigen, erschreckend düsteren Schleier bedeckt zeigte. Es war, sagte sie, als hätte die Welt, als hätte der Geist der Welt sein Inneres nach außen gekehrt und sein Fratzengesicht zur Schau gestellt, jauchig, besudelt, schwarz von Blut.

Jedoch, so tiefgreifend diese Erschütterung auch war, so unmerklich trat sie zutage. Deine Großmutter, Liebes, begann im Café kleine Sticheleien zu verteilen, harmlose Gemeinheiten über Putain, dann, nach und nach, wuchs ihr Zorn und wuchs und

13 und eines düsteren Januartages kam es in der Tabaktrafik, wo

Büsten von Pétain mit Streifen, Sternen, Schleifen, Schnüren, Bändern und Bändchen, ein richtiger kleiner Spielzeugmarschall, sagen Sie das nicht,

Porträts von Pétain im linken Profil, barhaupt,

Drei-Viertel-Porträts von Pétain,

Porträts von Pétain im rechten Profil, mit Kopfbedeckung, streng und kalt dreinblickend (Strenge und Kälte imponieren dem Volk, das ist hinlänglich bekannt),

riesengroße Porträts von Pétain im Kampf gegen die Somnolenz, beide Hände flach auf seinen Schreibtisch gelegt, die Brust geschwellt von der heiligen Vaterlandsliebe (sehr, sehr beliebt),

Porträts von Pétain als Bahnhofsvorsteher verkleidet, mit so steifer Uniform, als würde er von ihr aufrecht gehalten,

Porträts von Pétain auf einer Parkbank sitzend, *sic transit gloria mundi,*

Ganzkörperporträts von Pétain, steinernes Gesicht, türkisblauer Blick, in dem sich die Reflexe seiner sendungsbewußten erhabenen Seele spiegeln, dazu passender kitschiger Waffenrock, im Format 19x26, mit kartoniertem Ständer, 12 Franc das Stück, 50 Franc die Fünferpackung,

Marschallstäbe des Marschalls (ich habe mich oft gefragt, was um alles in der Welt dieser Stab vorstellen sollte: die demokratische Variante des Königsszepters, ein Werkzeug zur Maßregelung widerspenstiger Minister oder ein zum Prestige des Besitzers proportionales prächtiges Phallussymbol?),

Porträts von Pétain in Galauniform (Uniformen erregen bekanntlich die Bewunderung der armen, unintelligenten Schichten), in regloser Haltung, die Augen geradewegs auf die Zukunft geheftet, wobei ihn der unter dem schwarzen Tuch verborgene Photograph ersucht hatte, den Schnurrbart glattzustreichen und den Blick auf das Fensterbrett zu richten, und jetzt nicht mehr bewegen, ich zähle bis drei,
Porträts von Pétain, auf denen er ein zu Tode geängstigtes kleines Mädchen küßt (wieso haben die Mächtigen nur diese Manie, ständig irgendwelche Kinder abknutschen zu müssen? Sehr verdächtig),
Porträts von Pétain in Zivil, gütig und mild, im Gespräch mit einfachen Menschen (man erkennt einfache Menschen an der Art und Weise, mit der sie unverwandt auf ihre Füße starren),
Porträts von Pétain, auf denen er ein Lämmlein streichelt (Verkaufsschlager bei den Fünf- bis Achtjährigen),
Porträts von Pétain, auf denen er einem Bauern dankt, der eins zu eins aus einem russischen Gemälde stammen könnte,
Porträts von Pétain, auf denen er die Fahne des 33. Infanterieregiments an seine Lippen führt,
Kalender zu fünf Franc, mit zwölf abreißbaren Photos von Pétain,
Gipsstatuen von Pétain in dreierlei Ausführung: Bronze, Elfenbein oder Ton,
Ansichtskarten mit dem Bildnis von Pétain,
Taschentücher mit dem Bildnis von Pétain,
Aschenbecher mit dem Bildnis von Pétain,
Pétain-Dreh- und Druckbleistifte,
Pétain-Krawattenanstecknadeln,

Pétain-Spitzentaschentücher,
Pétain-Zigarettenanzünder,
Pétain-Zigarettenspitzen,
Pétain-Schmuckspangen,
Pétain-Taschenkalender,
Pétain-Sondermarken,
Pétain-Thermometer,
Pétain-Medaillons,
Pétain-Abzeichen,
Pétain-Fähnchen,
Pétain-Pfeifen
durcheinander auf dem Ladentisch feilgeboten wurden, zu folgendem Vorfall: Deine Großmutter nahm vor dem 1,20 x 2 Meter großen Porträt von Pétain, das über der Kasse hing, Aufstellung und stieß ein Heil Putain!, begleitet vom Hitlergruß, aus, und Monsieur Chauchard, der in Begleitung seines Sohnes Briefmarken kaufen wollte, starrte sie entrüstet an, als hätte sie sich hier, vor seinen Augen, die Unterhose ausgezogen.
Dies war der Beginn ihres Falls. Oder ihres Aufstiegs. Wer kann das schon sagen.
Der Wind begann sich jedenfalls für sie zu drehen.
Die Leute redeten über sie.
Sie behaupteten, Herr Richter, sagte meine Mutter zum Gerichtsvollzieher, der die Maße unseres Tisches nahm, sie behaupteten, ihre Haarfarbe sei nicht echt, sie trage (hautenge) Hosen in einer ganz bestimmten (unanständigen) Absicht und schreiende Ohrringe in Kirschform, für eine Mutter gehört sich das wirklich nicht, sie gieße sich eine Jodtinktur über die Unterschenkel, anstatt Strümpfe

zu tragen, diese Schlampe, sie habe der Spanierin ihr Kind abgetrieben, die deswegen fast abgekratzt wäre, wenn das je ruchbar wird, kommt sie auf die Guillotine, sie höre Radio Kacke, Radio was? Na, den Sender von de Gaulle, insbesondere die schmählichen Ansprachen eines gewissen Schuman, bestimmt ein Engländer, bei dem Namen!, sie ziehe die Musik von Johnny Hess oder Jerry Mengo dem *Ave Maria* eines Gounod vor, die Elende, sie verschwende nie auch nur einen Gedanken an ihren armen Mann, der in einem deutschen Lager versauerte, alles, was recht ist, sie schicke ihre Tochter nicht in den Religionsunterricht des Herrn Pfarrers, der den Marschall mit Jesus Christus persönlich verglich und das folgende, von einem Blumenkranz gesäumte Bittgesuch an der Wand des Pfarrhauses hatte anbringen lassen: *Herr Marschall, der du bist der Vater des Heimatlandes, Gib uns heute unser tägliches Brot, Und führe uns nicht in Versuchung zu hungern, Sondern erlöse uns von dem Übel, wie du uns auch von dem Krieg erlöst hast, Erstmals durch den Sieg, diesmal durch den Waffenstillstand. Amen,* man habe sie dabei ertappt, wie sie mit ihrem knallroten Lippenstift ein großes V an die Tür des Apothekers gemalt habe, ganz recht, sagte Mama, sie erziehe ihre Kinder gemäß den modernistischen Vorstellungen, die ihr dieser Herr Professor Baysse eingeimpft habe, und erlaube ihnen beispielsweise, die Füße auf den Tisch zu legen, im wörtlichen und im übertragenen Sinn, und derlei Ungehörigkeiten mehr, es ist furchtbar, sie werde sich die größten Unannehmlichkeiten einhandeln, es werde noch ein böses Ende nehmen, ein sehr böses, so wahr ich hier stehe.

Mit der Zeit wurde das Gerede immer ärger, Herr Richter, böse Zungen setzten die absonderlichsten Gerüchte über sie in Umlauf, daß sie *Maréchal, nous voilà* nach Art der Anarchisten mit erhobener Faust singe, das ist ja reine Blasphemie, daß sie mit magischen Kräften auf Personen männlichen Geschlechts einwirke, dieses Biest, daß sie auf den Strich gehe und eine begnadete Schwanzlutscherin sei, ich will auf der Stelle tot umfallen, wenn ich lüge, sagte Desmottes, fixiert wie er war auf ihren reizenden Po, dessen Rundungen so perfekt waren, daß man hätte glauben können, er sei aus Plastik, Desmottes war nämlich ein Kenner, daß sie sich glühende, betörende Briefe schreibe mit einem materialistischen Terroristen namens Baysse, schon wieder der, die reine Wahrheit, sagte Mama, ich habe übrigens lange Zeit gedacht, ich wäre ein außereheliches Kind dieses Mannes, daß sie Mademoiselle Piche, die an einer Konkavwölbung im Brustbereich litt, sich bei genauerer Betrachtung aber doch als Angehörige des weiblichen Geschlechts entpuppte, daß sie Mademoiselle Piche gegenüber geäußert habe, stellen Sie sich das vor, Frankreich sei mit zwei großen Geißeln geschlagen, der Syphilis und einem übersteigerten Patriotismus, daß man erstere eines Tages sicher in den Griff bekommen könne, bei letzterem aber keine Aussicht auf Heilung bestehe, gegen sexuelle Perversionen sei kein Kraut gewachsen, kommentierte sie, daß sie den Leuten, die vor dem Kino Schlange standen, mit lauter Stimme empfohlen habe, die Eintrittskarte aufzuheben, um ihre Fleischration darin einzuwickeln, und darauf in Gelächter ausgebrochen sei, so eine Respektlosigkeit, mit Not und Armut Spott zu treiben!, daß

sie keinen müden Groschen für die Kinder übrig gehabt habe, die sammeln gingen, um den Gefangenen eine tragbare kleine Kirche in Einzelbauteilen schicken zu können mit einem Kelch, einem Hostienteller, einem Altarklötzchen, einem Meßbuch, einem Meßgewand, einem Überwurf, einem Kruzifix, einem Altarvorhang, einem Ziborium, kleinen Meßkännchen, den geweihten Ölen, Meßwein sowie vierzig Gebetbüchern, und daß sie eingewendet habe, schickt ihnen lieber eine Stange Dauerwurst, von den Hostien werden sie nämlich kaum satt werden!, daß sie verbotene Zeitungen mit aufrührerischem Inhalt lese, von denen eine sich *Libération* nenne, was für eine Schande, daß man sie beim Anbringen von Aufklebern mit der Aufschrift ES LEBE DE GAULLE beobachtet habe, das würde sie teuer zu stehen kommen.
Meine Mutter konnte sich, wie jedes großzügige Naturell, keine Sekunde lang vorstellen, Herr Richter, daß irgend jemand ihr Böses wollen und gegen sie vorgehen könnte. Das war ihr Irrtum. Mit dem Feuer des reinen Toren fuhr sie fort, ihre abweichenden Meinungen hinauszuschreien, denn sie wollte all jenen, die sich wie sie selbst seit langem verrannt hatten, die Augen öffnen. Sie wetterte gegen Pétain und seine Kanaillenclique, schimpfte den Marschall einen Hungerbringer, einen Verräter, bedachte ihn noch mit einigen anderen, wenig schmeichelhaften Attributen (von denen die meisten aus der Tierwelt stammten) und bildete sich naiverweise ein, im Namen aller zu sprechen, was steht eigentlich auf Beleidigung des Staatsoberhauptes? Sie nannte Putain weiterhin mit der Abkürzung seiner Initialen PP, oder sie sagte: Der schwebt ja zwischen

Scheintod und Verwesung, oder: der senile Tattergreis oder: der alte Arsch, je nach Lust und Laune und je nach den großräumigen Luftströmungen, die ihre fühlige Seele spüren konnte, oder sie sagte einfach nur: der alte Depp. Das Hôtel du Parc bezeichnete sie beharrlich als Altersheim und posaunte hinaus, mit dem Konterfei des Marschalls wische sie sich den, für eine solche Unsinnigkeit kann sie ins Lager Récébédou wandern!, seinen Marschallstab schiebe sie sich ihr wißt schon wohin, wobei sie in einer unendlich anmutigen Geste mit den Fingern in Richtung Gesäßmitte deutete, aber das ist sage und schreibe ein Verstoß gegen die guten Sitten!, dieser Hurenbock von Putain sei in Montoire mit Hitler zusammengetroffen, der ihm einen Höflichkeitsbesuch abgestattet habe, und bei der Gelegenheit habe er ihm, nicht blöd, ein kleines Präsent überreicht, nichts Besonderes, nur Frankreich und ein kleines Anhängsel, das französische Volk. Das hat sie gesagt? Herr Jesus Christus! Das würde ihr noch leid tun!

Meine Mutter machte sich laut und mit scharfem Spott in der Stimme darüber Gedanken, ob Putain sich anpinkelte, ob er in seine Uniform urinierte, ob oder ob nicht die Marschallin ihn in Babywindeln mit Extra-Saugkraft wickeln mußte, Beleidigung des Staatschefs, damit kann sie sich glatt zwischen fünf und fünfzehn Jahren Zuchthaus einhandeln, ob der Marschall nach Pisse stank, fragte sie sich, ob er wirklich verkalkt war oder nur so tat, damit man ihn in Frieden ließ, oder ob er womöglich gar ausgestopft war? Der Begriff ausgestopft erschien ihr in politischer Hinsicht besonders passend, bestand die Funktion eines Staatschefs in ihren Augen doch lediglich in der Staffage. Diese Ansicht teile im übrigen auch ich, sagte Mama. Und Sie, wie denken Sie darüber? fragte sie den Gerichtsvollzieher, der in sein Heftchen schrieb: rustikaler Eßtisch, Eichenfurnier, Maße: 1,20 x 0,80 Meter, in gutem Zustand

Derlei Ansichten, sagte Mama, ohne die Antwort des Gerichtsvollziehers abzuwarten, brachten ihr nur Schikanen und Feindseligkeiten ein. Die meisten Dorfbewohner erwiderten nicht einmal mehr ihren Gruß. Ihre Nachbarn gaben vor, schnell zur Arbeit zu müssen, um Plaudereien, wie sie früher oft stattgefunden hatten, abzuwenden, Guten Morgen-Guten Abend, das war alles. Der Herr Apotheker vertiefte sich, wenn er sie sah, jäh in den Anblick seiner zweifärbigen Schuhe, während der Herr Pfarrer eher dazu neigte, in eine Meditation über die Gnade zu verfallen, die ihn vor begehrlichem Schauen schützte. Legoumaut, der Krämer, bediente sie widerwillig, mit der stummen Billigung der gnädigen Frauen Kundinnen, die sich über ihren Kopf hinweg mit Blicken verständigten. Der Fleischer verrechnete ihr unverhohlen mehr, als die Koteletts wogen, ohne daß sie zu protestieren gewagt hätte. Die Frau des Notars ließ ihre Kostüme nicht mehr bei ihr nähen, ebensowenig wie die Frau des Eisenwarenhändlers oder die Frau des Friseurs. Kein Bürger von Venerque wollte sich in so giftige Gesellschaft begeben.

In ihrer Naivität, Herr Richter, ließ sie jedoch nicht ab von ihren Reden, der Marschall könne sie kreuzweise, sagte sie immer wieder und lachte und spottete und trieb es noch weiter, er sei erledigt, vollkommen hinüber sei er, Friede seiner Seele, wenn die Alliierten erst gelandet wären, wür-

den sie ihm einen ordentlichen Denkzettel verpassen, und wieder lachte sie aus vollem Hals.
Schließlich wurden die hochsensiblen Dorfbehörden tätig und kontrollierten ihr Kommen und Gehen und jeden ihrer Schritte schärfstens. Auf den Schreibtisch des Bürgermeisters regnete es eine Flut von Beweisen, Unterstellungen, Petitionen, Denunziationen und anderen spezifisch menschlichen Ergüssen, in denen ein rigoroses Vorgehen gegen diese Unwürdige Person gefordert wurde. All die beleidigenden Äußerungen gegen den Marschall verpesteten die Luft, hieß es, sie lege faule Eier mit ihrer Unverschämtheit, das gehe nicht an, nein, nein und wieder nein, in diesem Punkt zumindest waren die wohlmeinenden Seelen sich einig. Es mußte etwas unternommen werden, und zwar rasch, schon im Namen der öffentlichen Hygiene. Im Namen der öffentlichen Hygiene: das kam an. Man wartete, um sie zur Ordnung rufen und bestrafen zu können, darauf, daß meine Mutter einen schwerwiegenden Skandal auslöse, daß sie einen ernsthaften Tatbestand liefere. Da aber nichts dergleichen geschah, gab man den Juel-Zwillingen grünes Licht. Die beiden würden ihr den Kopf schon zurechtrücken. Und den Hintern gleich mit.
Mama legte eine Pause ein und ging einen Schluck Wasser trinken, weil sie von den vielen Neuroleptika, die sie einnahm, immer einen trockenen Mund bekam. Dann, als hätte der erfrischende Trunk sie jäh aus ihren Phantasien gerissen, erinnerte sie sich plötzlich der wahren Funktion des Gerichtsvollziehers und herrschte ihn an:
Hast du dich noch nicht aus dem Staub gemacht?

14 Mir steht der Sinn nicht nach Scherzen, gab der Gerichtsvollzieher zurück, pikiert ob dieses Anwurfs.

Ach, wonach steht er dir denn? fragte Mama ironisch, ein klein wenig Sinn für Scherze würde deinem Wesen von Stein aber gar nicht schaden.

Zum ersten Mal seit seiner Ankunft geriet der Gerichtsvollzieher etwas aus der Fassung. Seine Züge spannten sich an. Die linke Augenbraue ging unter dem Eindruck eines leichten Zitterns in die Höhe. Vereinzelt traten ihm Schweißtropfen auf die Stirn. Er nahm seine Brille ab, und zwei kleine sichelförmige Druckstellen von rosaroter Farbe zu beiden Seiten der Nase wurden sichtbar, als hätte er sich die Brille aus dem Fleisch gerissen. Dann holte er ein blendend weißes Taschentuch aus seiner Jackettasche, betupfte sich damit die Stirn, steckte es wieder ein und blickte mich nach vollendeter Tat mit einem Ausdruck an, in dem ich eine Art Flackern zu sehen glaubte.

Das ich mit einem Ausdruck der Bestürzung beantwortete. Ich hätte versinken mögen. Oder meine Mutter erledigen, endgültig, ein für allemal. Einen Augenblick spielte ich mit dem unrealistischen Gedanken, ihr eine Dosis Heroin zu injizieren, während ich gleichzeitig blitzschnell überlegte, welche Taktiken ich anwenden könnte, um zu fulminantem Reichtum zu gelangen. Außer der, wie ich gestehen muß, sehr verlockenden Prostitution und einem höchst unwahrscheinlichen Lottogewinn drängte sich mir jedoch keine Vorstellung auf. Zum Schreiben fehlte es mir an Gewandtheit, und in die Politik zu gehen hatte ich nicht die

Mittel für die Trinkgelder, die man benötigt, wenn man seine Wähler überzeugen will, wie *Quintus Tullius Cicero* in seinem *Kommentar zur Amtsbewerbung* es so treffend formuliert.

Hau ab, du Armleuchter, schrie meine Mutter dem Gerichtsvollzieher ins Gesicht und warf mit heftiger Gebärde den zwischen die Lippen geklemmten Zigarettenstummel auf den Boden.

Ich hatte meine Mutter in Verdacht, sich nur deshalb so ekelhaft aufzuführen, um sich für die Qualen zu rächen, die ich ihr angeblich zufügte, Qualen wie die zwangsweise Einnahme von Medikamenten dreimal täglich, Ausgangsverbot, nicht zu reden von den Sticheleien, Beschimpfungen und anderen Gemeinheiten, die ich aus einem Groll heraus beging, den ich wegen oftmaliger Unterbringung in Pflegefamilien früh gegen sie zu hegen gelernt hatte (zu meiner Entlastung möchte ich betonen, daß ich mich meist auf eine simple Anspielung beschränkte), Qualen also, die aufzuzählen ihr ein bitteres Vergnügen bereitete, wohlwissend, daß deren Nennung nicht, wie es zu erwarten stünde, meiner Eitelkeit schmeichelte, sondern meine Stimmung drückte.

Oder dachte meine Mutter womöglich, ich stecke mit dem Gerichtsvollzieher unter einer Decke? Das war durchaus möglich. Verrückt, wie sie war. Ohnehin verbrachte meine Mutter ihr Leben damit, Komplotte größeren oder kleineren Ausmaßes zu wittern, es kam auf ihre Tagesverfassung an und auf die Empfindlichkeit des Radars, mit dem ihre moderne Seele, wie sie behauptete, ausgestattet war, wobei die Stärke dieses Radars jedenfalls ausreichte, um ihre

Feinde in den unwahrscheinlichsten Verstecken ausfindig zu machen, unter dem Bett zum Beispiel, darauf mußte man erst mal kommen!
Abhauen sollst du, habe ich gesagt, schrie Mama den Gerichtsvollzieher an.
Das mindeste, was ich tun konnte, war, den Angesprochenen zu begütigen. Hören Sie nicht auf meine Mutter, Monsieur, sie ist nicht bei Verstand. Erst hielt sie Sie für einen Richter, und nun bildet sie sich ein, Sie kämen von der Miliz. Sie ist wirklich nicht bei Trost, sagte ich und legte einen Hauch von Verachtung in meine Stimme.
Nachdem ich meine Geduld so reichlich und so sinnlos verschwendet hatte, war ich nunmehr fest entschlossen, mit anderen Geschützen aufzufahren und meiner Mutter die Pistole an die Brust zu setzen. Da wir, so dachte ich zumindest, auf den Gerichtsvollzieher angewiesen waren, wollte ich retten, was zu retten war, ehe die ganze Sache völlig entgleiste. Ich entschied mich daher, der Zweck heiligt die Mittel, mit dem Feind gemeinsame Sache zu machen und mich von meiner Mutter offiziell zu distanzieren. Mit einem Wort, ich beschloß, die von Antisthenos vertretenen Prinzipien buchstabengetreu anzuwenden.
Vielleicht möchten Sie sich ein wenig ausruhen, Herr Gerichtsvollzieher? sagte ich, von Liebenswürdigkeit beflügelt.
Wenn du deine Folterknechte mitgebracht hast, sag ihnen, sie sollen sich zeigen, du Armleuchter, grölte meine Mutter im selben Augenblick mit einer Stimme, in der Kummer und Zorn ein Zitterduett veranstalteten.

Das unflätige Benehmen meiner Mutter überstieg alle Grenzen. Daß sie mit einer gewissen Heftigkeit auf das Eindringen des Gerichtsvollziehers reagierte, konnte man ja noch verstehen. Ihn aber derart schlecht zu behandeln, ging nicht an. Ich war es mir einfach schuldig, einzugreifen. Die passenden Worte zu finden. So es passende Wort gab.
Mir fiel kein einziges ein. Da überkam mich die Lust, einen wilden Schrei auszustoßen, einen Schrei, bei dem die gesamte Siedlung in eisigem Schreck erstarrt wäre. Ich konnte mich gerade noch bremsen. Ich weiß nicht, wie ich es geschafft habe, aber ich konnte mich gerade noch bremsen. Den Zorn, der mein Blut in Wallung brachte, vermochte ich deswegen aber nicht zu zügeln.
Ich hab genug, ich hab bis hierhin genug von deinen irren Anwandlungen, brüllte ich. Mach endlich mal einen Punkt, verdammte Scheiße. (Meine ordinäre Veranlagung, die ich verleugnet und mit roher Kraft geknebelt hatte, brach hervor wie ein wilder Stier, was nicht weiter verwunderlich war).
Wie soll ich einen Punkt machen, entgegnete Mama mir, wo dieses Kapitel der Geschichte noch nicht geschrieben, ja noch nicht einmal begonnen wurde?
Hältst du jetzt dein elendes Mundwerk, Himmel, Arsch und Zwirn? donnerte ich. Mir fielen nur noch Worte meines Kalibers ein, unanständige, derbe, deftige Worte. Siehst du denn nicht, daß du uns in die Scheiße reitest?
Da stecken wir bereits tief drin, antwortete Mama mit ihrer unerschütterlichen Logik einer Geistesgestörten.
Ich bereute meine sprachlichen Ausrutscher auf der Stelle. Sie wirkten primitiv und ließen überdies den Schluß zu,

ich brächte Mama nicht die ordnungsgemäßen töchterlichen Gefühle entgegen, mit denen ich mich bis dahin unberechtigterweise geschmückt hatte. In der Absicht, die höchst bedauerlichen Folgen meiner vulgären Ausdrucksweise gutzumachen (die in Wirklichkeit nur meinem ganz gewöhnlichen Wortschatz entsprach, meine Formulierungen hingen aufs engste mit den Eingebungen meines Herzens zusammen, ungeachtet meines ständigen Bemühens, diese zu zivilisieren, um erstere von letzteren zu entkoppeln), sagte ich zum Gerichtsvollzieher:
Lassen Sie sich bitte nicht stören, Maître, tun Sie ruhig Ihre Pflicht (ich kam auf Samtpfoten daher), fahren Sie einfach mit Ihrer Arbeit fort, wie Sie es für richtig halten.
Und es kam mir so vor, als freute er sich über die Anrede Maître, immerhin hatte seine Gerichtsvollzieherautorität seit Beginn seiner Amtshandlung so manchen Affront hinnehmen müssen. Wahrscheinlich, mutmaßte ich, hatte er im Einstecken von Affronts eine gewisse Übung. Womöglich übte er diesen Beruf überhaupt nur zu dem Zweck aus, um seine tägliche Ration an Affronts abzubekommen. Ausgeschlossen war das nicht, angesichts des wunderlichen Wesens eines Gerichtsvollziehers und der allgemein menschlichen Begabung, ständig neue Laster zu erfinden und sich stets neue Lasten aufzubürden.
Er bekam sich wieder in die Gewalt und schrieb in sein Notizheft: Nähmaschine mit Fußpedal der Marke Singer, altes Modell, Arbeitstisch aus Eichenholz, zwei Schubladen, funktionstüchtig
Hau ab, du Armleuchter, brüllte meine Mutter und bewegte sich auf den Gerichtsvollzieher zu.

Mama, wenn jetzt nicht augenblicklich Schluß ist, drohte ich ihr völlig entnervt, rufe ich Herrn Doktor Donque an, du bist vorgewarnt. Ich sagte das nur, um ihr angst zu machen, denn ich wußte ganz genau, daß weder Herr Doktor Donque noch sonst irgend jemand in der Lage war, Mama aufzuhalten, wenn sie einmal loslegte. Man müßte sie schon umbringen, ein Mittel, vor dem Ärzte im Normalfall zurückschrecken. Wenn ihre Maschinerie einmal in Gang gesetzt war, konnte nichts, wirklich nichts sie aufhalten. Hätte man ihr einen Knüppel ins Getriebe schieben wollen, wäre das reiner Wahnsinn gewesen, man hätte sich höchstens selbst dabei verstümmelt.
Wie oft muß ich es dir noch sagen? Du sollst dich verpissen! brüllte sie und ging auf den Gerichtsvollzieher zu. *Raus!* brüllte sie und wies ihm die Tür. *Raus! Raus!* Und leise, beiseite, zu mir: Dieser Nazi zieht mir wirklich den letzten Nerv. Damit aber nicht genug, brüllte sie ihm wieder ins Gesicht: Soll ich dich vielleicht bei deinem Hintern packen und hinausschleifen?
Der Gerichtsvollzieher wich zurück, wobei er gegen den Tisch stieß, und Mama lachte schallend los. Ich weiß nicht, was mich davon abhielt, ihr zwei saftige Ohrfeigen zu verabreichen. Meine Geduld war zu Ende. Stop, stop, sagte ich zu mir selbst. Stop, stop, stop. Aber ich wußte nicht, wie ich den wilden Strudel hätte stoppen können, der uns geradewegs in ein auswegloses Drama hineintrieb. Dabei hasse ich alles Dramatische. Außer in Liebesromanen. Dort gehört es einfach hin. Also schrie auch ich in meinem Inneren: Verpiß dich, Gerichtsvollzieher, verpiß dich, verpiß dich, oder es geschieht ein Unglück. Doch meine Lip-

pen waren wie versiegelt. Aus meinem Munde drang kein Laut. Ich hatte nicht das Glück meiner Mutter, übergeschnappt zu sein und wegen jeder Kleinigkeit lostoben zu können. Mitunter bedauerte ich das ernsthaft.
Wenn du nicht aufhörst, rufe ich auf der Stelle Herrn Doktor Donque an, war alles, was ich sagen konnte.
Ein Kollege von dir! warf meine Mutter dem Gerichtsvollzieher mit einer verächtlichen Grimasse hin.
Ich machte ihm verstohlen ein Zeichen, sich um das Gerede meiner Mutter nicht weiter zu bekümmern.
Niemand, flüsterte meine Mutter, als redete sie mit sich selbst, niemand kann mich davon abbringen, daß dieser Doktor Donque auch Mitglied der Miliz ist. Ich gehe jede Wette ein. Es sind nämlich nicht nur Gauner bei der Miliz, mitnichten. Es gibt in der Miliz durchaus rechtschaffene Leute. Feine Damen mit feinfühligen Herzen, christlich und koscher, junge Mädchen der höheren Gesellschaft, denen es weder an Idealen noch an einem süßen Hintern fehlt, trauernde Witwen auf der Suche nach sexuellen Mißhandlungen, denn am besten läßt sich ein Schmerz durch einen anderen vertreiben, beleibte Kassiererinnen, Pfund für Pfund die Ehrlichkeit in Person, Schriftsteller sondergleichen und sonder Zahl, wie auch Staatsmänner, Männer des Gesetzes, unbedeutende Männer, Strohmänner, Gefolgsmänner, Männer Gottes, die sich im Namen Christi und Darnands, zweier Kollegen im Grunde, einer fanatischen Liebe zur menschlichen Spezies verschrieben haben, in Ermangelung der Liebe schlechthin, sowie, das hätte ich beinah vergessen, ganze Heerscharen von defekten alten Jungfern, die haßerfüllt Barmherzigkeit

gegen die Armen üben, Verzeihung, gegen die einfachen Leute, indem sie ihnen ihre abgetragenen Klamotten und die Reste ihres Mittagessens überlassen.
Ich bin felsenfest davon überzeugt, daß Herr Doktor Donque heimlich für die Miliz tätig ist. Ich würde meine Hand dafür ins Feuer legen. Wenn ich diesen Verdacht übrigens äußere, hütet Herr Doktor Donque sich wohlweislich, mir in irgendeiner Weise zu widersprechen, Herr Doktor Donque sagt weder ja noch nein, er sagt mhm, mhm und macht sich Notizen, mhm, mhm, Herr Doktor Donque sagt nämlich zu allem und jedem mhm, mhm, ich heirate demnächst Alain Delon, und wir fliehen gemeinsam in die paradiesische Karibik, mhm, mhm, oder ich mache eine Kreuzfahrt auf dem Nil, entweder mit Bill Gates oder mit Antonio Banderas, das weiß ich noch nicht genau, mhm, mhm, soll ich dir vielleicht die Visage zu Brei schlagen, Drecksack?, mhm, mhm, immer mhm, mhm, das ist alles, was er sagen kann, wie wär's, wenn ich dich umlege?, sage ich und stimme ein Gelächter an, und Herr Doktor Donque schreibt auf das Krankenblatt, mit einer Ernsthaftigkeit, daß man sich fürchten könnte: *Unmotiviertes Lachen, begleitet von aggressiven Interjektionen, die sich von einer psychotischen Persönlichkeitsstruktur herleiten.*
Und wenn er noch so salbungsvoll daherredet wie ein Priester, und wenn er sich noch so salbungsvoll gebärdet, und wenn er noch so berechnend-gütig dreinschaut, ich lasse mir von keinem Menschen ausreden, daß Herr Doktor Donque Mitglied der Miliz ist und verbissen daran arbeitet, mich unschädlich zu machen. Er zittert nämlich davor, daß ich die bislang unter Verschluß gehaltenen Greueltaten

von Putain und dem übrigen Lumpenpack bekanntgebe, all die Paralipomena, Liebes, die einzig und allein von mir angeprangert werden (sie hatte wieder ihre fünf Minuten).
Herr Doktor Donque, sagte Mama, eine wahrlich empfindsame und äußerst feinsinnige Seele, Herr Doktor Donque verurteilt seiner Veranlagung gemäß nämlich nicht so sehr diejenigen, die Böses tun, als diejenigen, die das Böse benennen. Er ist darin, wie es scheint, kein Einzelfall. Gerüchten zufolge ist dieses Syndrom in unseren Breiten sehr verbreitet. Dumme Sache. Aber nur weil es oft vorkommt, deswegen ist das Verhalten des Herrn Doktor Donque nicht weniger einfältig. Eines Tages kommt die Wahrheit ans Licht, Vulkane brechen aus und wirbeln alles auf, das läßt sich nun mal nicht verhindern, es ist wirklich zu dumm. Und er soll sich ja nicht einbilden, mit fünfzig Tropfen Haldol morgens mittags und abends könnte er mich zum Schweigen bringen, der Esel!
Noch dazu, sagte Mama, ist Herr Doktor Donque vollkommen unvermögend, ein einziges tröstliches Wort zu spenden. Für einen Arzt ist das, wie du mir zugeben mußt, Liebes, ein starkes Stück. Nie ein freundliches Schultertätscheln. Nie ein Lächeln. Nie eine Geste der Güte. Nie.
Weshalb müssen wir uns Menschen unterwerfen, deren Seelengröße nicht an die eigene heranreicht? jammerte Mama. Das ist furchtbar. Aber mir kann Herr Doktor Donque keine Angst einjagen, sagte sie und richtete sich auf. Er kann meinen Leib noch so sehr mit Neuroleptika schwächen, mich doppelt und dreifach in sein Diagnoseraster pressen, mich als Schwachsinnige etikettieren, nur weil ich Augen im Kopf habe und den Schwachsinn der

Welt sehen kann, den die Knechte und ihre Herren die Ordnung der Dinge nennen, in meinem tiefsten Inneren weiß ich, daß er mir nicht das Wasser reichen kann, denn ich rede sogar mit Katzen, ich

Wenn du nicht sofort mit diesem Unsinn aufhörst, lasse ich dich in eine Irrenanstalt sperren, warnte ich sie streng. Und anscheinend verfehlte diese Drohung ihre Wirkung nicht, denn endlich hielt Mama den Mund.

15 Die Beruhigung war von kurzer Dauer. Der Gerichtsvollzieher, der soeben an das Regal links neben dem Fenster getreten war, hatte nämlich den unseligen Einfall, die barbusige Negerin hochzuheben, die dort in der Mitte stand. Sofort stürzte meine Mutter auf ihn zu und entriß die Statue seinen Händen. Ich befürchtete schon, sie würde sie in ihrer Erregung zerbrechen. Wider Erwarten stellte meine Mutter die barbusige Negerin, die nur mit einem Raphia-Röckchen bekleidet an eine Palme gelehnt dastand, jedoch unendlich vorsichtig auf das Regal zurück.

Ich glaube, ich war zehn, als ich sie ihr geschenkt hatte. Sie war mir inmitten all der Häßlichkeiten, mit denen das Schaufenster vollgeräumt war, als die personifizierte Form des Reisens erschienen, die allegorische Darstellung uneingeschränkter Wonne und eines idealen Ortes, an dem man stranden möchte. Ich hatte sie auf das Sofa gestellt, zusammen mit einer Karte, auf deren Rückseite ich die Worte geschrieben hatte: *Wie jedes Jahr in dieser Stunde der Freude und des Glücks wünsche ich Dir, liebste Mama, einen ungetrübt heiteren Muttertag und verspreche Dir, Dich immer liebzuhaben wie nichts anderes auf der Welt.*

Mama stand einige Sekunden verträumt da. Diese kleine Statue, Liebes, sagte sie, erinnert mich an ein Fest in Venerque, das vor vielen Jahren zu Ehren der Mütter stattfand, ein unvergeßliches Fest, Liebes, weil es für mich das Ende der Unschuld bedeutete, ich meine, das Ende meiner Verblendung.

Ich war damals sechs Jahre alt. Aber ich sehe noch, als wäre es gestern gewesen, die girlandengeschmückte Tribüne im großen Saal des dörflichen Gemeindeamtes vor mir. Ich sehe das große Transparent in den Nationalfarben vor mir, das die Aufschrift trug AN DER SPITZE: UNSER MARSCHALL, und das darüberhängende Plakat, auf dem sechs pausbäckige blonde Engelchen wie ein Blumensträußlein ihre Mama umringten, die wie die Heilige Jungfrau aussah. Ich sehe die Juel-Zwillinge vor mir, Liebes, die trunken vor Stolz zu beiden Seiten der Tribüne Posten bezogen hatten, die großen Barette flach auf den Kopf gedrückt, so daß sie wie Riesenpilze aussahen. Ich sehe unheimlich deutlich das weiße Kleid mit blauer Schleife vor mir, das ich an jenem Tag zur Schau trug, und die roten Schuhe, denen meine Mutter deine Großmutter die Spitzen abgeschnitten hatte, damit ich mehr Platz für meine Zehen hatte.

Ich sehe eine nach der anderen meine Klassenkameradinnen vor mir, die links von der Tribüne standen, der Größe nach geschlichtet wie die Orgelpfeifen. Ich sehe rechts die Musikkapelle von Venerque vor mir, von zwei ehemaligen Frontkämpfern flankiert, die die französische Fahne schwenkten, die Stange gegen das Gemächt gestemmt, was nicht gerade angenehm gewesen sein dürfte. Ich sehe die Prominenz vor mir, die an einem Tisch im Zentrum der Bühne saß: in der Mitte der Herr Bürgermeister, die blau-weiß-rote Schärpe um die stattliche Brust drapiert, umgeben von Madame Duvert, der Departement-Abgeordneten der Französischen Union zur Verteidigung der Rasse, Madame Vérine, Mitglied des Regionalverbandes zur Auf-

rechterhaltung der christlichen Eheschließung, Herrn Abbé Vincent, dem Vorsitzenden des Vereins zur Hebung der öffentlichen Moral, sowie von Monsieur Perrachon, dem Vize-Präsidenten der Regionalen Allianz gegen den Bevölkerungsschwund, einem abscheulich hinterhältigen Menschen, der eine gewisse Ähnlichkeit mit diesem Herrn hier hatte, sagte meine Mutter und schnitt eine Grimasse in Richtung Gerichtsvollzieher, dieselbe Visage, die alle falschen Fuffziger haben, fügte sie hinzu, um das Maß vollzumachen.
Auf den Einsatz unserer Lehrerin stimmten wir lauthals *Maréchal nous voilà* an, *Herr Marschall, hier stehen wir vor dir, dem Retter Frankreichs,* und diesmal sang Renée Denjean mit ihrer Engelsstimme nicht, wie wir befürchtet hatten, *Herr Marschall, hier stehen wir vor dir, mit beiden Füßen tief im Dreck.*
Dann trat Stille ein im Saal.
Und dann hielten die Mütter Einzug. Es war ein erhebender Augenblick, und ich betete zum Himmel, daß niemand das Fehlen deiner Großmutter bemerken möge, die seit einiger Zeit bereits nicht mehr dieselbe war und mir am Vortag erklärt hatte: Lieber verrecke ich, als daß ich bei dieser Maskerade mitmache. Sie war genauso eigensinnig wie du, Liebes.
Nachdem er die Anwesenden begrüßt hatte, erteilte der Herr Bürgermeister das Wort Madame Vérine, die sich räusperte und dann mit outrierter Stimme und bebenden Nasenflügeln loslegte,
Meine Damen und Herren, meine lieben Kinder, schenken wir unsere Gunst und unsere Bewunderung nicht länger

den liederlichen Starletts der Music-Halls, den geschiedenen Filmdiven (ich schwärmte für Danielle Darrieux), all diesen grell bemalten Geschöpfen, die sich epilieren (deine Großmutter epilierte sich), den leichten Dingern mit Kurzhaarfrisuren (deine Großmutter trug das Haar kurz), deren Skandale in der anarchistischen Presse regelmäßig hochgejubelt werden. Dulden wir nicht länger, daß Werte ungestraft mit Füßen getreten und ins Lächerliche gezogen werden, Werte wie Züchtigkeit, Hingabe und Aufopferung (die den Frauen das Recht geben, tödliche Langweilerinnen zu sein, sagte deine Großmutter). Wenn kleine Mädchen, wie von unserem verehrten Marschall empfohlen, schon früh mit der moralischen Gymnastik beginnen, bei der sie lernen, mehr an andere als an sich selbst zu denken, werden sie sich später auf ganz natürliche Weise in diesen Kardinaltugenden üben können, namentlich in Selbstverleugnung und Verzicht (das sind die Tugenden der häßlichen Frauen, sagte deine Großmutter). Mütter von Venerque, hört mich an, tragt Sorge dafür, daß eure Töchterchen den Wirtschaftskundeunterricht besuchen, den Madame Fillol im großen Saal des Rathauses erteilt, wo sie nähen und kochen und sich den ehelichen Pflichten beugen lernen (die daraus bestehen, sagte deine Großmutter, einmal im Monat ihre Männer drüberzulassen, damit sie nicht zu Huren gehen müssen, denn Huren sind ja nicht gerade billig). Damals, erläuterte Mama, waren Huren sehr viel teurer als heute. Sie, die Sie den Wert der Dinge so gut kennen, können Sie mir sagen, wieviel heutzutage ein Besuch auf dem Strich kostet? erkundigte sie sich beim Gerichtsvollzieher, der, pedantisch wie kein zweiter, Stück für Stück die Trachtenpüppchen zählte, deren wir eine ganze Sammlung besaßen. Er blieb stumm wie ein Fisch. Die Frage schien nicht in seine Kompetenz zu fallen. Sehr bedauerlich. Mich interessierte dieses Thema nämlich brennend.

Der Saal spendete tosenden Beifall, fuhr meine Mutter fort, und zur Überraschung aller sprang plötzlich die von den Veranstaltern bis dahin geheimgehaltene Attraktion in Gestalt von Monsieur Carloteau, dem Eisenwarenhändler, auf das Podium, begleitet von Trommelwirbel, bekleidet mit Frack und Hose, die ihm bis zur halben Wade reichte, in der Hand viele bunte Tücher haltend. Sein Auftritt wurde mit brüllendem Gelächter begrüßt, doch Monsieur Carloteau ließ sich nicht aus der Fassung bringen. Mit erstaunten Mienen und bedeutungsvollen Gesten begann er, die Tücher zu den Klängen eines Wiener Walzers zu schwenken und nach allen Seiten durch die Luft zu wirbeln, damit das Publikum erkennen könne, daß jedes eine eigene Farbe hatte. Kaum hatte er mit diesem kryptischen Getue begonnen, brachen die Leute in noch lauteres Gelächter aus, was, wie du dir vorstellen kannst, keineswegs von ihm beabsichtigt gewesen war. Das vollzählige Publikum begann zu lachen, der Herr Bürgermeister höchstpersönlich begann zu lachen, da begannen auch die anderen Prominenten, die um ihn versammelt saßen, zu lachen, selbst Madame Vérine konnte ein mehrmaliges Glucksen nicht unterdrücken, bei dem die Falten auf ihrem Hals wie bei einem Hühnerkragen wackelten. Monsieur Carloteau, der ganz in der Rolle des unverstandenen Magiers aufging, ließ sich indessen nicht aus der Ruhe

bringen, hielt hinter seinem dicken Hintern bunte Tücher verborgen und zog nach zahlreichen theatralischen Gebärden, vielen verblüfften Fratzen und allerlei magischen Blicken (erzielt durch ein bloßes Aufreißen der Augen) langsam aus seinem rechten Ärmel eine blau-weiß-rote Fahne und aus seinem linken Ärmel ein Stück Stoff mit dem Bildnis von, na von wem wohl?, von Marschall Pétain, und die Menge applaudierte frenetisch. Monsieur Carloteau kehrte in seiner magiermäßigen Aufmachung auf seinen Platz im Saal zurück. Larzillière ging auf ihn zu, um ihm zu gratulieren, und sagte: Du warst urkomisch, wir hätten uns fast in die Hosen gemacht vor Lachen, und dieses Kompliment sorgte neuerlich für ein Spektakel und löste die nächste Heiterkeitswelle aus.
Der Herr Bürgermeister, dem nicht daran gelegen war, die Feier in eine Zirkusnummer ausarten zu sehen, ließ mit der Autorität des Chefs die Faust auf den Tisch niederfahren, daß die versammelten Prominenten, die die Ellenbogen auf denselben gestützt hatten, in die Höhe schnellten, was abermals Gekicher hervorrief. Dann griff er mit sicherem Gladiatorengriff zum Mikrophon und brachte dieses an sein dickes, hochrotes Gesicht.
Unser Marschall, donnerte er, er hatte eine ungeheuer mächtige Stimme, unser Marschall hat die Republik zu Grabe getragen, die aus dem Mord geboren war und Zeit ihres Lebens nur Haß gesät hat, durch religiöse Verfolgung und Verrat am Vaterland. Er hat die Lehrfreiheit wieder eingeführt, die die Juden und Freimaurer den Geistlichen weggenommen hatten, und er hat Gott seinen Platz in den Schulen zurückgegeben, aus denen er schändlicherweise

vertrieben worden war. Kurzum, er hat sich die zyklopische Aufgabe (zyklopisch kam ausgezeichnet an) zu eigen gemacht, eine nationale Revolution zu errichten. Mehr als Grund genug, uns zu erheben und aus vollem Hals zu rufen *Lang lebe der Marschall,* und der ganze Saal erhob sich und rief aus vollem Hals: Lang lebe der Marschall.
Nun kam die Reihe an Monsieur Perrachon, der einen nach dem anderen die wahren Werte des Lebens aufzählte, wie sie vom Marschall gepriesen wurden, und an deren vorderster Stelle er ein karges Dasein nannte, und da, Liebes, tat mein Herz einen Freudensprung, denn das mindeste, was man sagen konnte, war, daß wir ein ganz außergewöhnlich karges Dasein führten, deine Großmutter, dein Onkel und ich, und noch größer wurde meine Freude, als Monsieur Perrachon erklärte, man müsse sich von dem schmutzigsten Diktat befreien, das es überhaupt gebe, dem Diktat des Geldes, denn in dieser Hinsicht waren wir, deine Großmutter und Jean und ich, ein Vorbild an Mustergültigkeit. Und das sind wir bis heute geblieben, sagte Mama hochmütig zum Gerichtsvollzieher, der keine Reaktion zeigte, denn er war allzu vertieft in seine Kritzeleien, oder vielleicht tat er auch nur so.
Daraufhin setzte die dörfliche Musikkapelle im Blechton der Überzeugung mit einer Hymne ein, in der wir nach geraumer Zeit die *Marseillaise* erkannten, und auf den Einsatz unserer Lehrerin, eins, zwei, sangen wir aus voller Kehle des Marschalls Lieblingsstrophe: *Amour sacré de la Patri-i-e conduis soutiens nos bras vengeurs,* und dieses eine Mal nahm Renée Denjean Abstand davon, zu tremolieren: *patri-i-an,* eine kleine Einlage, über die wir uns normaler-

weise schieflachten, aber heute war nicht der Augenblick für Blödeleien, *Liberté liberté chéri-e, combats avec tes défenseurs, sous nos drapeaux que la victoire accou-oure, à tes mâles accents.*

Die darauffolgende Ansprache von Herrn Abbé Vincent war kurz, aber um so eindringlicher.

Bis dato, predigte er, haben wir bloß in den Tag hineingelebt, in einer animalischen, ich möchte beinahe sagen, lidibi, lididi, Pardon, libibi, libidinösen Trägheit. Doch dann kam der Marschall, der sich, wie unser großer Dichter Paul Claudel gesagt hat, unser annahm und wie ein Vater zu uns sprach, und wir haben zu den wahren und ewigen Werten zurückgefunden, deren Wächterinnen ihr seid, Mütter von Frankreich, denn ihr habt es verstanden, eure Kinder von schädlichem Gedankengut und Promiskuität fernzuhalten, ihr habt vor ihren unschuldigen Blicken die verabscheuenswerten Bücher verborgen, die eine Sintflut an Ausschweifung und Zügellosigkeit über uns gebracht haben, und euch, Müttern von Frankreich, haben wir auch die Auferstehung der erlösenden Vaterlandsliebe zu verdanken. Und euch, meine lieben Kinder, möchte ich ermahnen, immer schön brav eurer lieben, hier anwesenden Mutti zu folgen (ob es wohl auffallen würde, daß meine Mutti durch Abwesenheit glänzte? war mein einziger Gedanke) und den Geboten unseres ehrwürdigen Marschalls Folge zu leisten (den deine Großmutter im Familienkreis einen alten Knacker hieß, einen senilen Tattel, einen alten Arsch undsoweiter).

In der Menge gab es Mütter, die sich Tränen der Rührung trockneten, während der Applaus von neuem aufbrauste.

Der Herr Bürgermeister, der sah, wie die Zeit verstrich, reichte das Mikrophon an Madame Duvert, die die Mütter mit ökumenischer Inbrunst aufforderte, zu wachsen und sich zu mehren und viele Kindlein zu bekommen, und zwar möglichst einer Exponentialkurve folgend (soll heißen, gleich sechs bis acht pro Wurf), denn, kreischte sie sich heiser, die Kinderaufzucht ist ein Born der Freude (besonders, wenn man ihnen den kleinen Popo putzen darf, sagte deine Großmutter) und eine nationale Pflicht zum Wiederaufbau des Ewigen Frankreich, unserer Heimat, Mutter der Künste und vieler anderer berühmter Dinge.
Dann stimmte Madame Duvert wie elektrisiert eine Dithyrambe an, in der die Tugend des Gehorsams verherrlicht wurde. Mir ist, Liebes, als wären all diese Reden in meinem Kopf eingebrannt. Nehmt euch ein Beispiel an unserem verehrten Marschall, schrie sie, und ihre Stimme erbebte mehrmals, der sein Leben lang gehorcht hat. Als Kind gehorchte er seiner lieben Mutter Clotilde und seinem lieben Vater Omer, als Jugendlicher gehorchte er seinen Lehrern an der Militärakademie Saint-Cyr, als Erwachsener gehorchte er seinen Vorgesetzten beim Militär, und im glorreich strahlenden Herbst seines Lebens gehorchte er dem Machthaber aller Machthaber, dem Führer persönlich, was ihn zu einer großen, allseits bewunderten Persönlichkeit gemacht hat. Er hat es verstanden, meine Damen und Herren, meine lieben Kinder, sich den germanischen Siegern zu beugen, die in keiner Weise, wirklich in keinster Weise so sind, wie sie immer hingestellt werden, man kann sagen, was man will, es sind sehr wohlerzogene

junge Leute, und ich kenne so manche, ich will keine Namen nennen, denen es nicht schaden würde, sich an ihnen ein Beispiel zu nehmen.

Der Bürgermeister wartete, bis sich der Applaus gelegt hatte, tätschelte seine Lippen, um das Gähnen zu verbergen, das seine Nasenflügel zum Schwellen brachte, und verkündete, daß ein mit 20 000 Franc dotierter Preis an eine Familie von Venerque mit sieben oder mehr Kindern vergeben würde. Sodann erhob er sich mit dem ganzen Gewicht seiner Person, zog mit der ganzen Würde seines Amtes einen Zettel aus seiner Tasche, der Preis geht an, hier legte er eine effektvolle kurze Pause ein, an die Familie Midon, und alles im Saal war erleichtert, denn die Familie Midon hatte Konkurrenz von der Familie Espitalier gehabt, die eine schmutzige, ungepflegte Familie war und ihre Schulden nicht auf Heller und Pfennig bezahlte.

Monsieur und Madame Midon kletterten tief eingeschüchtert auf die Tribüne. Der Herr Bürgermeister befahl ihren Kindern mit jovialer Autorität, auch zu kommen. Und die sieben Midon-Kinder traten im Gänsemarsch auf die Bühne, ungelenk und geniert darüber, derart vorgeführt zu werden in ihrem lumpigen Arme-Leute-Aufzug, es war traurig anzusehen. Der Herr Bürgermeister flüsterte Monsieur Midon ins Ohr, er sei es sich schuldig, ein paar Worte zu sagen, na los, kommen Sie, nur Mut, jedoch Monsieur Midon, Armut verpflichtet, stotterte nur mit schreckgeweiteten Augen: Danke, vielen Dank, und die sieben Midon-Kinder schämten sich für ihren Vater, der nicht einmal fähig war, ein dem hohen Anlaß entsprechendes Kompliment zu äußern. Der Herr Bürgermeister, dem die Enttäu-

schung anzusehen war, entließ sie mit einer Handbewegung, dann ertönte wieder seine donnernde Stimme:
Mütter von Venerque, Mütter von Gefangenen, Mütter von Märtyrern, ruhmreiche Mütter, vielfach leidgeprüfte Mütter, wir rufen euch zu: habt Dank, wir danken euch aus ganzem Herzen dafür, daß ihr unsere Kinder zu den allzeit gültigen Tugenden erzieht, die da heißen: Vorsicht, Gehorsam, Ausdauer und Fleiß (darf man eine Tugend, die Leid bringt, überhaupt eine Tugend nennen? fragte deine Großmutter sich), deren höchste aber, strahlend wie ein Stern am Himmel der Tugenden, die Opferbereitschaft ist (die Bösartigkeit steigt proportional zur Opferbereitschaft, fügte sie hinzu).
Dies war das Schlußwort, und das Publikum dankte es mit Ovationen.
Als ich an jenem Abend, Herr Inspektor, sagte meine Mutter zum Gerichtsvollzieher, der sich anschickte, eingehend ein Tablett mit ein paar Näpfen darauf zu untersuchen, die uns als Geschirr dienten, als ich an jenem Abend nach dem Fest wieder zu Hause bei meiner Mutter war, wurde mir mit einem Schlag klar, daß ihre Worte nicht hundertprozentig mit den Reden übereinstimmten, die im großen Saal des dörflichen Gemeindeamtes bei den bunten Abenden und anläßlich der Galaveranstaltungen zu Ehren der Mütter gehalten wurden, jenen Reden, die höchst erbaulich, höchst bombastisch, höchst tugendreich und stellenweise von hochtrabenden Beiwörtern durchzogen waren, die im mütterlichen Wortschatz zur Gänze fehlten.
Mir wurde deshalb, wie Sie sich leicht vorstellen können, angst und bang.

In unserem kleinkarierten, hinterwäldlerischen Dorf, in dem sie sich abkapselte, war meine Mutter, wie ich dunkel ahnte, im Begriff, sich den unbeugsamen herrschenden Dogmen, die keinerlei Verstoß duldeten, zu widersetzen. Ich versuchte, sie zu warnen. Sie lachte mich aus. Ihre Naivität bedrückte mich. Du bist nicht, wie man sein muß, sagte ich, oder etwas in der Art. Bemühe dich, ein bißchen angepaßter zu sein.

Doch ihr Benehmen wurde im Gegenteil mit jedem Tag skandalöser (skandalös war es in dem Maße, wie jedes abweichende Benehmen einen Skandal bei Leuten auslöst, die nur aus zur Doktrin erhobener Angst zusammenhalten), bis zu jenem verhängnisvollen Tag, an dem sie in die Tabaktrafik ging und Heil Putain! rief und mit dem Hitlergruß grüßte. Wegen dieser Geste, Herr Inspektor, mußte mein Bruder sterben.

16 Und während meine Mutter das sagte, trat sie an Onkel Jean heran, der mit schwermütigem Ausdruck aus dem Bilderrahmen oberhalb der Anrichte auf uns herabblickte. Es war das größte der Porträts von Onkel Jean, und sie bewahrte es mit liebevoller Andacht auf. Großmutter hatte es an seinem achtzehnten Geburtstag mittels eines Films aufgenommen, für den sie Textilmarken, zwölf Eier und ein Kilo Kartoffeln eingetauscht hatte. Auf dieser Photographie saß Onkel Jean in leicht schräger Position in einem tiefen Sessel und blickte geradeaus mit diesen fast schmerzlich sanften Augen und dieser schwermütigen Offenherzigkeit junger Leute, die Gedichte schreiben.

Finger weg, schrie meine Mutter so lebhaft, daß der Gerichtsvollzieher wie vom Donner gerührt innehielt.

Ich hütete mich einzugreifen. Mama durfte auf keinen Fall schon wieder in eine Krise schlittern. Und schon eine kleine Ungeschicklichkeit, ein Wort zuviel konnten eine ganze Reihe von immer stärker werdenden Erschütterungen bis hin zu einer endgültigen Katastrophe auslösen. Ich befürchtete stark, Mama und der Gerichtsvollzieher könnten in Streit geraten und möglicherweise sogar handgreiflich werden. Zuzutrauen war das meiner Mutter. Ihr war alles zuzutrauen. Auch das Schlimmste. Besonders das Schlimmste. Sie hatte es nur allzuoft bewiesen.

Doch weit gefehlt. Meine Mutter nahm den Rahmen, in dem Onkel Jean ruhte, unendlich behutsam von der Wand und betrachtete lange versunken sein Gesicht. Wie schön er ist, mein Jean, er sieht dir ähnlich, Liebes, er hat deine

Augen, er starb in der Blüte seiner Schönheit und seiner Vollkommenheit, ob das ein Glück ist?, manchmal denke ich, ja, und dann tröstet dieser Gedanke mich für eine kurze Zeit.

Mein ganzes Leben werde ich sein Bild wie eingebrannt in mir tragen, sagte sie und hauchte einen Kuß auf die papierene Stirn, man behält von einem Verstorbenen, egal wie man zu ihm stehen mag, nämlich immer nur drei, vier Momentaufnahmen in Erinnerung, ein zitterndes Lächeln, eine vertraute Geste, einen Blick, über den für einen Augenblick ein wahnsinniger Ausdruck huscht, alles andere verblaßt, Liebes, und wenn man sich noch so sehr anstrengt, Plutarchs Ratschläge an Apollonius zu befolgen, wie ich es tue, um die Erinnerung zu kultivieren, alles andere, Liebes, verblaßt, was immer man dagegen zu unternehmen versucht. Das Bild, das ich von ihm behalten habe, ist nicht dieses hier, sondern ein anderes, wo er, über eine Landkarte von Louisiana gebeugt wie über eine Wiege, verstohlen den Mississippi seiner Träume hinunterfährt, lässig an die Reling eines Raddampfers gelehnt.

Deinen Onkel, Liebes, zog es nämlich in die Ferne. Er träumte davon, die indischen Kühe und Ekstasen zu entdecken, die einzigartigen Grausamkeiten Mexikos, Amerika mit seinen breiten Flüssen und seinen Wüsten, weit wie die Meere, und den gigantischen Reichtümern, die man dort erlangen konnte und mit denen er uns später überschütten würde, Großes Ehrenwort. Unter all seinen Reiseträumen träumte er einen besonders gern: an Bord eines Raddampfers, an die Reling gelehnt, den Mississippi hinunterzufahren und die sonnenüberfluteten Ufer und Baumwollfelder zu grüßen, auf denen Neger schufteten, und zum Gedächtnis an diese Reise, die mein Bruder, außer in seinen Träumen, nicht unternehmen konnte, habe ich dir den Namen Louisiane gegeben, als wärest du gewissermaßen sein geographisches Kind.

Meine Mutter schwieg ein paar Sekunden, während der Gerichtsvollzieher unerbittlich mit seiner Auflistung des Inventars fortfuhr, ohne zu bemerken, was er da eigentlich auflistete, unsere Erinnerungen und Enttäuschungen nämlich, unsere Schuldgefühle, unsere Bitternis, eine ganze Lebensgeschichte, deren Gegenstände Spuren trugen, die nur wir entziffern konnten.

Niemand wird je wissen, begann meine Mutter von neuem mit einer Stimme, die mir das Herz zusammenschnürte, wie meine Mutter deine Großmutter es ertragen konnte, weiterzuleben, nachdem sie am darauffolgenden Morgen deinen Onkel Jean an die Schienen gefesselt gefunden hatte, die Augen auf eine unermeßliche Weite gerichtet, den Körper zerstückelt wie bei den Hunden, die am Rand der Autobahn liegen, das Gesicht jedoch unversehrt und wie erlöst von den Sorgen des Lebens. Zwei Tage nach seinem Tod gingen nur vier Personen hinter seinem Sarg bis zum Friedhof Saint-Paul her, deine Großmutter, der Pfarrer, ein Meßknabe und ich. Die Vorhänge hinter den Fenstern bewegten sich, wenn wir vorüberkamen. Selbst die Mauern schwitzten vor Angst. Deine Großmutter hielt sich vollkommen aufrecht an diesem Tag und führte ohne zu wehklagen wie in Trance die Gesten aus, die von ihr erwartet wurden.

Ich aber kann bezeugen, sagte meine Mutter, daß ich in den darauffolgenden Monaten und Jahren an der Seite einer Frau gelebt habe, die meine Mutter war und es doch nicht war. Denn deine Großmutter, Liebes, jätete zwar weiterhin den Garten, verfütterte nach wie vor unsere Exkremente an die Hühner, führte den Haushalt, wie sie es immer getan hatte, aber sie hatte nicht mehr dieses Strahlen, dieses Feuer, das früher einfach zu ihrem Wesen gehört hatte.

Deine Großmutter verbrachte ihre Tage weiterhin über die Nähmaschine gebeugt, heftete Stoffteile zusammen, schlug Säume um und nähte mit mechanischen Fingern, die ihr seit einiger Zeit zu zittern begonnen hatten, durchtrennte auch, wie früher, den Faden mit den Zähnen, doch war bei alldem eine Abwesenheit in ihr, die mich mit Beklemmung erfüllte, eine Abwesenheit, die sich in ihr ausgebreitet und ihr ganzes Wesen verschlungen hatte.

Und wenn ich ihr eine Frage stellte, hob sie die Augen und sah mich an mit einem Blick, der weit über alle Dinge hinauszugehen schien, mit einem Blick, der durch mich hindurchging, ohne mich zu sehen, starr auf einen Horizont voller Schrecken und Gespenster gerichtet, und sie antwortete mir, wie meine Mutter früher es getan hatte, doch ihre Worte waren ohne Seele, ich weiß nicht, Liebes, wie ich dir das alles erklären soll, es waren tote Worte.

An manchen Tagen schien sie mich plötzlich wahrzunehmen, die ich an meinen unterrichtsfreien Nachmittagen auf einem Schemel neben ihr hockte und mich damit unterhielt, die Ankleidepuppe auf dem Ständer rotieren zu lassen. Dann trug sie mir auf, mit einem Messer die Fusseln abzuschaben, die sich in der Saumfalte angesammelt hatten, eine der damaligen Tätigkeiten meiner Mutter bestand nämlich darin, die Innenseite der Kleidungsstücke nach außen zu stülpen, damit sie nicht so abgetragen aussähen, und ich legte meinen ganzen Fleiß darein, die Fusseln zu entfernen, wobei ich kaum wagte, mich zu rühren, zu sprechen oder zu atmen, in ständiger Angst, der geringste Lufthauch könnte den Kummer der Frau wiederbeleben, die noch meine Mutter war und es doch nicht mehr richtig war. Aber ich hätte weiß Gott was dafür gegeben, Liebes, wenn sie mich berührt, in ihre Arme geschlossen, fest an ihren Bauch gedrückt und mich, wie früher, mein Baby genannt hätte, mein Schatz, meine Schöne, mein Täubchen, oder wenn sie mich geschlagen oder beschimpft, mir nur irgendwie bewiesen hätte, daß ich existierte.

Ich führte ein Schattendasein, Liebes, und wußte mit dem Schatten, der ich war, nichts anzufangen, ich wußte nicht, wohin mit mir, zumal es mir auch untersagt war, das Zimmer zu betreten, das Jean und ich uns geteilt hatten und das sich in ein düsteres Mausoleum verwandelt hatte.

Ich fror. Ich bekam keine Luft. Ich drückte mich traurig zwischen Wohnzimmer und Garten herum, doch ich fand in diesem Totenhaus keinen Winkel, wo ich meine Träume hätte hinlegen können.

So flüchtete ich mich manchmal zu Filo in den Schuppen, die dort zusammen mit Hühnern, Spinnen und einem rotäugigen Kaninchen wohnte, das sie im Backrohr eines eigens für diesen Zweck zum Hasenstall umfunktionierten Herdes hielt. Filo liebkoste mich mit ihrer zärtlichen Stimme, *anda hija, no sufras, mañana será otro día.* Sie hatte fast immer ein wohltuendes Wort. Interessiert diese Frau Sie? fragte Mama den Gerichtsvollzieher, während dieser in seinem Heftchen festhielt: Kronleuchter, vergoldetes Metall, mit sechs Armen, jeder davon mit fünf Kerzen aus weißem Opalglas versehen. Filo, mein Herr, war eine Persönlichkeit. Ich mochte sie sehr.

Filomena, Filo für ihre Freunde, war in Spanien geboren worden, in Fatarella, hinter ich weiß nicht wieviel Bergen. Sie hatte ihr Dorf am 6. Januar 1939 zu Fuß verlassen, und nach einem einmonatigen Aufenthalt im Internierungslager Argèles-sur-Mer hatte es sie zu uns verschlagen. Eines Februarmorgens war sie in den erstbesten Zug gestiegen, der im Bahnhof hielt, war, da sie ja schließlich nicht ewig weiterfahren konnte, in Venerque ausgestiegen, auf der Suche nach einer Arbeit tagelang durch die Straßen unseres Dorfes geirrt, hatte an Türen geklopft, die ihr vor der Nase zuschlugen. Jean war es, der sie nach Hause mitbrachte, und Mami war unter der Bedingung, daß sie in Haushalt und Garten mithalf, bereit, sie ein paar Tage zu beherbergen.

Filo blieb sechs Jahre.

Sie brachte meiner Mutter bei, wie man Tortillas auf spanische Art zubereitete, wie man Reis kochen mußte, damit er sein Aroma behielt und nicht, wie bei uns, nach Gips schmeckte, sie lehrte sie Lieder singen, die meine Mutter mit Akzent nachsang: *Bésame bésame mucho como si fuera esta noche la última vez* und meter- und kilometerlange Flüche auszustoßen, *me cago en la virgen me cago en dios y me cago en la puta madre que te parió* gefiel meiner Mutter am besten, Flüche, die man traditionsgemäß in einem Atemzug, praktisch ohne Luft zu holen, vorbringen mußte:

Mecagoenlavirgenmecagoendiosymecagoenlaputamadrequeteparió, Flüche, deren filomenische Definition lautete: kleine, harmlose Raketen, die in die Luft geschossen werden, nicht um Schaden anzurichten oder zu verletzen, sondern in der Absicht, mit der Dummheit der gewöhnlichen Unterhaltungen aufzuräumen und kleine Löcher in die häuslichen Luftblasen zu stechen, die sich für gewöhnlich vor lauter Trägheit um uns herum bilden.
Filo sagte immer, deine Großmutter und mich ausgenommen hätten die Franzosen nicht genügend Feingefühl im Herzen und nicht genügend Musikalität in der Seele, um die Flüche in angemessener Weise würdigen zu können. Traurig ist das, sagte sie, und ihren Künsten merkt man das auch an.
Deine Großmutter und ich erwiesen uns auf diesem Gebiet als begabte Schülerinnen. Mit dem Handwerk erlernten wir die Kunst. Denn Fluchen ist eine Kunst. Und die Spanier beherrschen sie.
Filo führte uns auch in die Freuden schlüpfriger Scherze und schmutziger Witze ein, die ihrer Ansicht nach jenseits der Pyrenäen ein Zeichen geistiger Potenz waren, diesseits der Berge aber als äußerst gewöhnlich, wenn nicht billig galten. Kommt es vor, daß auch Sie solche Witze erzählen, Herr Gerichtsvollzieher?
Der Gerichtsvollzieher blickte nicht einmal auf und fuhr, ungerührter als Thrasea, mit der Auflistung unseres Trödelkrams fort, unseres entsetzlichen Schrotts, dachte ich, denn derart den Blicken eines Dritten ausgesetzt war mir plötzlich klargeworden, daß alles, was wir besaßen, ausgenommen nur die Negerinnenstatue aus Gips, in schockie-

render Weise gegen guten Geschmack und Kunstsinn verstieß und eine Beleidigung des griechischen Schönheitsideals darstellte, von dem Mama durchdrungen zu sein behauptete und deren Frucht ich angeblich war. Ich schämte mich bei diesem Gedanken in Grund und Boden.

Filo, mein Herr, sagte meine Mutter zum Gerichtsvollzieher, der in einem so bockigen Schweigen verharrte, daß es schon an Impertinenz grenzte, Filo hatte nur einen Fehler: sie konnte an nichts anderes denken als ans Fressen. Seitdem sie Fatarella verlassen und sich über einen Monat nur von Rüben ernährt hatte, konnte die bloße Erwähnung einer Büchse Sardinen sie an den Rand der Verzweiflung bringen. Ohne Unterlaß von der Vision fetter Saucen, gebratenen Fleisches, eingelegter Paprikaschoten, gefüllter Tomaten oder geiler Cremetorten gepeinigt, die ihren chronischen Heißhunger auf die Spitze trieben, schwirrte ihr der Magen höher als das Hirn, und ihre Reflexionen über eine mutmaßliche Schokoladelieferung bei Monsieur Legoumaut stellten jede andere Form von metaphysischen Exerzitien gänzlich in den Schatten. Einmal richtete sie sogar ein Schreiben an Putain, das meine Mutter glücklicherweise abfing, mit folgendem Text: *Sehr geehrter Herr Marschall, da Sie Herr über Frankreich und somit auch über Schokolade, Kaffee und nahrhafte Kuchen sind, hätten Sie die Güte, mir einige der genannten Güter zuzusenden, von denen ich einen vernünftigen Gebrauch zu machen verspreche?*

Doch wenn es Abend wurde, sagte meine Mutter, mußte ich Filo mit ihren Schlemmerphantasien verlassen und zu der verstörten Frau zurückkehren, die ich Mami nannte, in unser Haus der Trauer, wo

17 Ich erlag einem plötzlichen Anfall von Traurigkeit. Die mütterlichen Erinnerungen betrübten mich über jedes einzusehende Maß. Viel fehlte nicht, und ich hätte regelrecht geschluchzt. Doch hielt ich mich zurück. Im Gegensatz zu meiner Mutter war ich nicht allzeit bereit, mich in der Verbreitung abstoßender Intimitäten zu ergehen. Einer der Vorzüge, mit denen ich ausgestattet war, war *self-control*. Ein unschätzbarer Vorteil!

Ich schluckte meine Tränen hinunter, schnupfte einige Male leise und diskret, gab jedoch beim Schneuzen einen trompetenden Lärm von mir, der alles andere als elegant klang. Da hatte ich mich stundenlang wie eine Prinzessin gebärdet (Prinzessinnen brauchen sich, wie jeder weiß, nicht zu schneuzen), und nun ein solcher Schlag ins Wasser!

Mir ist traurig zumute, bitte fragen Sie mich nicht, warum, sagte ich zum Gerichtsvollzieher, der keineswegs den Anschein erweckte, etwas fragen zu wollen, ich könnte es Ihnen nicht sagen.

Die Traurigkeit, die ich in mir aufsteigen fühlte, war nur ein Gefühl unter mehreren. Tausend peinvolle Empfindungen, die sich schon den ganzen Morgen über angekündigt hatten und die ich mehr schlecht als recht hatte unterdrücken können, strömten nun darin zusammen. Zorn. Demütigung. Scham. Schmerz darüber, zwischen zwei widerstreitenden Wünschen hin- und hergerissen zu sein: dem einen Wunsch, in jeder Hinsicht angepaßt zu erscheinen, bekämpft von dem anderen, nicht weniger hartnäckigen Wunsch, alle miteinander zum Teufel zu schicken: den

Gerichtsvollzieher, meine Mutter, überhaupt diese ganze Geschichte. Erschöpfung aufgrund der Anstrengungen, die ich unternahm, um eine besondere Höflichkeit zu verbreiten, eine Höflichkeit, auf die ich eingestandenermaßen in keiner Weise vorbereitet war, entschuldigen Sie bitte, lassen Sie sich nicht stören, nach Ihnen, ebenfalls (diese ganze moralische Katzbuckelei hatte mein Rückgrat buchstäblich zermürbt), eine ununterbrochene Unruhe wegen der Unart meiner Unmutter, von der ich mich nie auch nur einen kurzen Augenblick befreien konnte, ihre Kataphasie, ihr Krach, ihre Krawalle, ihre Kaprizen und ihre Kapriolen von empörender Geschmacklosigkeit, gefolgt von ihrer ewigen Reue, ihren nächtlichen Schreien, die meine Seele erstarren ließen, ihre panische Angst, die sie mir mittels einer unerklärlichen chemischen Reaktion übertrug, ihre Fragen, die mich unerbittlich verfolgten und sich einen Weg durch meinen Kopf fraßen wie Maulwürfe, ja genau, wie Maulwürfe, und mehr als alles andere dieses Gefühl der Einsamkeit, das mich seit Monaten, seit Jahren so gut wie nie verließ.

Nur eine kleine Trübsalblase, aber es ist gleich vorbei, sagte ich zum Gerichtsvollzieher und suchte in seinem Gesicht nach dem Anzeichen einer Emotion, einem Hochziehen der Augenbraue etwa, einem *parpadeo*, wie Filo es in ihrer großartigen Sprache ausgedrückt hätte. Verzeihen Sie bitte, Herr Gerichtsvollzieher, daß ich Sie mit meinen Seelennöten behellige. Mich anzuhören gehört wohl nicht zu den Pflichten, die Ihnen von Amts wegen auferlegt sind. Kommt es manchmal vor, daß Sie ausrasten? fragte ich und versuchte mir vorzustellen, wie er im Pyjama auf seinem

Bett lag und schluchzte und wild das Kissen küßte und ihm zuflüsterte: Mein Schatz, mein Liebling, mein angebetetes kleines Luder, und wie er sich anschließend mit verzweifeltem Ungestüm einen runterholte. Wissen Sie, ich fühle mich bisweilen entsetzlich allein. Kennen Sie dieses Gefühl?

Der Gerichtsvollzieher sah mich kalt an, mit dieser ständigen Bereitschaft im Blick, den Wert der Dinge abzuschätzen, und ich hatte das Gefühl, in seinen fachmännischen Augen keinen sehr hohen Wert zu besitzen. Ich hätte nicht einmal zu sagen vermocht, ob er mir überhaupt zuhörte, so unergründlich blieb seine Miene. Vielleicht, mutmaßte ich, tat dieser Gerichtsvollzieher nur so eiskalt, während sich sein Herz in Wahrheit nach Liebe verzehrte und den Tag lang Brunstschreie ausstieß, die unerhört verhallten. Vielleicht hegte er die heimliche Hoffnung, ich möge mich auf ihn stürzen, ihn betasten, befühlen und befummeln, verliebt an meinen Busen pressen und dann, im Eifer des Gefechtes, dazu bringen, Unzucht mit mir zu treiben, wie die Tradition es vorschreibt. Vielleicht verbarg sich hinter seiner undurchdringlichen Maske eine zarte Sensibilität, zumal ein abstraktes, ach, was sage ich? ein barsches, ach, was sage ich? ein grausames Gesicht wahrscheinlich unabdingbar war für jemanden, der so unpopuläre Aktionen setzen mußte wie er.

Vielleicht dachte er an den Kratzer, den er heute morgen auf dem rechten Kotflügel seines Opel Corsa hatte feststellen müssen, worüber er stark verstimmt gewesen war.

Vielleicht hegte er die Befürchtung, ich könnte ihn mit meinen Märchengeschichten bestricken und konzentri-

sche, von Hexenhand gewobene Schlingen um ihn legen, ihn zu lähmen und zu vernichten.
Vielleicht hatte er sein gesamtes emotionales Kapital in einem früheren Leben aufgebraucht, bevor er ein der allgemeinen Ablehnung ausgesetzter Gerichtsvollzieher geworden war, vielleicht hatte er zu diesem Behuf sein Herz verriegelt wie eine Klosterpforte.
Sie sagen nichts? Sie denken nichts? erkundigte ich mich.
Womöglich dachte und empfand dieser Gerichtsvollzieher schlicht und einfach wirklich nichts, möglicherweise war er, obschon am Leben, bereits tot und beharrte in seinem Nichtleben hartnäckig entschlossen darauf, weiter wie ein Lebender zu handeln. All das war durchaus möglich. Einige solche Fälle waren mir bereits zu Ohren gekommen.
Vielleicht verhielt sich seine äußere Kälte umgekehrt proportional zur Tiefe seiner Emotionen, ein Phänomen, wie man es beispielsweise auch bei den Eingeborenen der deutschsprachigen Schweiz oder im Hinterland der Stadt Lille antrifft.
Nachdem ich in Erwartung einer Antwort auf meine diversen Fragen einige Minuten hatte verstreichen lassen und diese Antwort sich nicht abzuzeichnen schien, platzte ich heraus:
Ich brauche nur ein wenig Liebe.
Der Gerichtsvollzieher nahm seine Eintragungen wieder auf, womit er mir zu verstehen gab, ich hätte derlei Unschicklichkeiten für mich zu behalten. Ich kümmerte mich aber nicht im geringsten darum, allzu groß war mein Bedürfnis, mich einer Seele anzuvertrauen.

Ich will Ihre Zeit nicht überstrapazieren, Herr Gerichtsvollzieher, aber ich muß Ihnen doch mitteilen, daß es außer meiner Mutter nur zwei menschliche Wesen gibt, mit denen ich verkehre, Nelly und Jawad. Manchmal ruft Nelly mich an, dann gehe ich hinunter in den sechsten Stock, und wir gehen gemeinsam in die Cafeteria im Einkaufszentrum, wo wir uns mit Jawad treffen. Meine Beziehung zu den beiden ist zwar nicht immer lustig, aber welche Beziehung ist das schon, können Sie mir das sagen?

Wie geht's wie steht's? sagt Jawad.

Comme ci comme ça, sage ich.

Darüber kann er sich schieflachen.

Ich habe mich noch nicht richtig hingesetzt, schon tischt er mir einen schmutzigen Witz auf. Kennst du den: Ein Kanarienvogel vögelt mit einem

Es ist immer dasselbe, Monsieur. Ich habe kaum Platz genommen, schon werde ich mit unflätigen Geschichten von Jawad bedrängt, der meine Schamhaftigkeit und mein krankhaftes Unvermögen, alles Geschlechtliche zu erfassen, genau kennt und mich deshalb verspottet und verlacht. Sie hat schon wieder nichts geschnallt, ich packe es einfach nicht! Eins steht jedenfalls fest, sagt Jawad, solange eine Tussi noch keinen Schwanz in der Hand gehalten hat, hat sie sowieso von nichts eine Ahnung. Wogegen ich mich auflehne. Auf die Liebe zu verzichten oder, wie du zu sagen beliebst, auf den Schwanz, kontere ich, bedeutet nicht, den venusischen Freuden zu entsagen, es bedeutet, ganz im Gegenteil, dieselben genießen zu können, ohne die Nachteile in Kauf nehmen zu müssen, und dergestalt eine

innere Seelenruhe zu erlangen, die uns Gott näher bringt, steht bei Kallimachos.
Wasislos? Was redest du daher? Jawad glaubt seinen Ohren nicht zu trauen. So einen Schmarren hab ich mein Lebtag noch nicht gehört. Ich packe es einfach nicht! Wer soll denn das sein, dein Karlimachtlos? Nie von ihm gehört, hat sich bei mir nicht vorgestellt. Sei mir nicht bös, aber dir haben sie echt ins Hirn geschissen, du bist noch verdrehter als deine Mutter. Und wenn er sieht, daß ich den Tränen nahe bin, wird er weich und redet mir gut zu, na komm, Seelchen, sagt er, früher oder später findest du schon einen, der dir zeigt, wo der Schwanz langgeht, heul nicht, Suse, du kriegst sie schon noch, deine love story, aber bitte, stell dich dann nicht blöd an, laß dich ja nicht von einem armen Schlucker vögeln, laß ihn erst ran, wenn du dir sicher bist, daß er mit einer Kreditkarte unterwegs ist, und daß es auch seine eigene ist.
Ich muß ehrlichkeitshalber gestehen, daß mir die von Jawad vorgebrachten, von Nelly oftmals gebilligten, ja sogar ermutigten Zudringlichkeiten nicht ganz so stark mißfallen, wie ich behaupte. Und offengestanden sind Nelly und Jawad die einzigen Menschen auf der Welt, die mich bei meinem langsamen, mühsamen, schmerzlichen, beschwerlichen und unmöglichen Fortkommen in Liebesangelegenheiten unterstützen.
Jawad sagt etwas Anzügliches zu Nelly. Sie lacht. Serge, der Kellner der Cafeteria, läßt das Tablett auf seiner Fingerspitze tanzen wie einen Kreisel. Serge erinnert mich an einen der beiden Juel-Zwillinge, werfe ich ein, um etwas zu sagen. An wen? fragt Nelly, bei ihrem dritten Bier ange-

langt, mit etwas schwerem Zungenschlag. Kennst du den, wo zwei Zwillinge zwei Schwestern aufs Kreuz legen, sagt Jawad zu Nelly, also zwei Typen, Zwillinge, wie gesagt, Nelly und Jawad biegen sich vor Lachen, der ist wirklich gut. Sie bestellen noch ein Bier und einen Sandwich, um das viele Bier aufzusaugen. Dann beschließen sie, ins Kino zu gehen. Da ich keinen Centime bei mir habe, tue ich so, als zögerte ich wegen des Films. Ich mache ein unbeteiligtes Gesicht. Diese Actionfilme, ich weiß nicht. Na, komm, bist eingeladen, armes Haus. Ich zögere noch immer, wenn auch weniger. Ich habe schließlich meinen Stolz. Los, Süße, gib dir einen Ruck, sagt Jawad, tu was für deine Bildung, Bildung ist echt wichtig im Leben. Ich gebe mir einen Ruck.

Die Wahrheit ist: ich liebe es, in Begleitung von Nelly und Jawad ins Kino zu gehen. Für die beiden ist ein Kinosaal ein regelrechtes Schlafzimmer. Nicht, daß sie den Unkeuschheitsakt im strengen Wortsinn vollzögen, aber sie geben sich doch einigermaßen verblüffenden Griffen und Stellungen hin, die ich mit heimlichen Stielaugen beobachte. Nelly rückt Jawad zu Leibe, wobei sie das Pferd, wenn der Ausdruck gestattet ist, beim Schwanz aufzäumt und den Mund weit aufsperrt, sehr viel weiter, als ich es für möglich gehalten hätte, während Jawad schnauft wie ein Rhinozeros, schnaufen Rhinozerosse eigentlich?, sagen wir halt, während Jawad keucht, das wird schon passen. Dann plötzlich sinkt ihm der Kopf, reglos pendelnd, auf die Brust, und Nelly setzt sich wieder auf, mit zerrauften Haaren, knallroter Rübe und einem komischen Gesichtsausdruck, halb würde- und halb schamvoll, und parallel dazu erliegt der großartige Mel Gibson *in extremis* der selbstlosen, sexuell gesehen höchst vielversprechenden Liebe von Sophie Marceau, zwei Vorstellungen zum Preis von einer: Film- und Naturereignis im Doppelpack.

Zu meiner größten Überraschung stelle ich fest, daß die eindeutigen Liebesbeweise, die Nelly und Jawad einander erbringen, sich erschöpfen, sobald sie das Kino verlassen haben. Schluß mit dem Kosen. Schluß mit dem Küssen. Verflogen der Rausch. Nichts als Spötteleien, womit sie sich jetzt in wechselseitiges Entzücken stürzen, als könnte der Spott über weiß Gott welche verschlungenen Wege die Wollust verlängern, von der sie beim Küssen kosteten, sofern er nicht, nach all den schmutzigen Sachen, mit denen sie sich begeilt haben, dem Zwecke dient, ihre nach Ewigkeit strebenden Seelen zu rehabilitieren, zu läutern, ist das nicht wunderschön.

Wo war ich stehengeblieben, Herr Gerichtsvollzieher? Mir scheint, ich schweife von meinem eigentlichen Thema ab. Bei meiner Mutter? Ich komme gleich auf sie zurück.

Nach dem Kino. Wieder zu Hause. Ich finde meine Mutter vor, unverändert, mit ihrem Kummer, gleichfalls unverändert, und ihrem Wahnsinn, unverändert auch er. Ich bereite ihre Abendmedikation vor: ein Artane, ein Tranxene, ein Largactil und fünfzig Tropfen Haldol. Kräftige Mischung.

Punkt zwanzig Uhr sehen wir uns die Nachrichten an. Tagsüber bewegen Mama und ich uns an Tangentiallinien entlang, abgesondert, jede für sich in ihrem respektiven Zimmer, wie angenagelt vor dem respektiven Fernseher, Mama den Kopf voller phantastischer Visionen, die sie auf den Bildschirm projiziert, ich ganz leer von den leeren Bildern, die ich in mich hineinstopfe, Mama begeistert, lebhaft, hitzig, den Blick nach innen gekehrt, ich gelangweilt, mürrisch und verdrossen, eine schlaffe Seele, flach bis zur Ungegenständlichkeit.

Punkt zwanzig Uhr jedoch kreuzen unsere Wege sich und führen uns auf dem Wohnzimmersofa zusammen. Es ist ein Ritual, mit dem zu brechen ich nicht den Mut habe. Wir setzen uns Seite an Seite vor den Fernseher, der nun zu unserem geistigen Gravitationszentrum wird.

Habe ich dir, fragt meine Mutter, schon einmal meine Gespenstertheorie erklärt?

Ich tue so, als würde ich zuhören.

Die Gespenster leben, beginnt sie, ich habe die zwölf Beweise ihrer Existenz innerhalb weniger Tage zusammengetragen. Festhalten, denke ich. Glaubst du mir nicht? Doch, Mama, doch, doch. Sie irren gesichtslos, in schwarze Schleier gehüllt, umher und mischen sich von allen Menschen unbemerkt unter die Lebenden. Sehr zum Unterschied von uns können Gespenster nämlich nicht gekündigt, geschweige denn vor die Tür gesetzt werden, bemerkt Mama, nicht unwitzig. Sie gehen, wohin es ihnen beliebt. Sie gehen nach Lust und Laune durch Wände und über Grenzen. (Der Sprecher meldet in neutralem Tonfall ein neuerliches Blutbad in Algerien.) Heute sind sie, wie diesem Bericht zu entnehmen ist, in Algier, morgen sind sie in Ägypten, sie gehen überall dahin, wo es nach Tod stinkt, und nach Tod stinkt es an zahlreichen Orten der Weltgeschichte, das läßt sich nicht leugnen. (Der Sprecher meldet die Entdeckung eines Massengrabes in Ruanda.) Du fragst dich, Liebes, wer sie sind und woher sie kommen. Die Gespenster sind die Mordopfer von Putain und seinesgleichen, die auferstehen und kommen, um uns beim Leben zuzusehen. Es hat sie wieder, dachte ich betroffen. Die Gespenster kommen, um uns beim Leben zuzusehen, und damit ist das Chaos auch schon perfekt. Verstehst du, Liebes?

Ich verstehe gar nichts. Ich sehe das Leben und die Welt mit laizistisch-kartesianischen Augen und gedenke dieser Sichtweise auch weiterhin treu zu bleiben. Ich glaube nicht an Zeichen und Wunder. Und jede Form von Übernatürlichkeit kostet mich höchstens ein Lachen. Ich verstehe, Mama, sage ich aber trotzdem, ich verstehe. (Der Sprecher meldet die Erhöhung der Zigarettenpreise. Das ist nun wirklich eine unerfreuliche Nachricht, finde ich.)

Wie wär's, wenn du dich zur Abwechslung mal um die Lebenden kümmerst? stichle ich. Ich habe eine kleine perfide Ader. Was willst du damit sagen? fragt Mama mich. Aber ich lasse es dabei bewenden. Und sie fährt fort: Es ist nicht damit getan, die ermordeten Toten zu bestatten, um ihre Existenz auszulöschen, Liebes, denn ihre unsterblichen Seelen kehren immer in der einen oder anderen Erscheinung wieder, manchmal nehmen sie die Gestalt eines Murmelns an, das nur einige wenige ausersehene Individuen, wie Sophokles oder ich, hören können, ein anderes Mal schlüpfen sie in die Hülle menschlicher Lebewesen, und wie, frage ich dich, soll man da die Toten von den Lebenden unterscheiden können? ruft Mama plötzlich besorgt, steht unvermittelt auf und berührt mein Gesicht, um sich zu vergewissern, ob es warm und lebendig sei, Liebes, bist du da? lebst du? antworte! Ich bin da, reg dich ab. Sie regt sich ab, aber nur, um auf der Stelle wieder von vorn damit anzufangen, die ungesühnten Verbrechen setzen neue Verbrechen in die Welt, stößt sie hervor, und in ihrer Stimme schwingen prophetische Töne mit, die mir eine Gänsehaut verursachen, die Vergangenheit, Liebes, verseucht die Gegenwart ewiglich, ein furchtbares Gewicht lastet auf unseren Gedächtnissen, die braven Bürgersleute machen friedlich ihre Abrechnungen, während es ringsum wütet, die Erde hat sich in einen riesigen Friedhof verwandelt, auf dem die Putain & Co AG profitträchtige, höchst rentable Parkhäuser errichtet, und sie könnte stundenlang in dieser Manier fortfahren und ihre Klage führen und am laufenden Band schreckliche Wörter produzieren, würde ich nicht um elf Sendeschluß verordnen, um zu verhindern, daß Madame Durat, deren Seele für nächtliche Elegien nicht so empfänglich ist, mit dem Besen gegen die Decke ihrer Wohnung klopft und ruft: Ruhe, ihr irren Weiber!

Wir gehen zu Bett.

Die Tage vergehen.

Wir bleiben unter uns, jede für sich, eingeschlossen in einen tödlichen Solipsismus.

Sie fragen sich, Herr Gerichtsvollzieher, wie wir, abgesehen von den langen Aufenthalten vor dem Fernsehschirm, unsere Tage verbringen? Um es klar und deutlich zu sagen: in regloser Untätigkeit.

Ich halte mich im Wohnzimmer auf, das gleichzeitig mein Schlafzimmer ist. Ich rauche eine Zigarette. Ich betrachte mich im Spiegel. Ich finde mich unansehnlich. Ich mache mir schwarze Augen, gebe mir Gel ins Haar und getöntes Make-up auf die Stirn, um meine Pickel zu kaschieren. Ich schalte den Fernseher ein. Ich langweile mich zu Tode. Das ist doch kein Leben, sage ich mir. Und doch lebe ich. Ich spüre, wie eine galoppierende Bewegungslosigkeit sich in mir breitmacht. Nennt man das nicht ein Oxymoron, Herr Gerichtsvollzieher? sagte ich, um mich wichtig zu machen. Ich kann nichts dafür, es ist stärker als ich, ich muß mich immer in einem gebildeten Licht zeigen, ich bilde mir ein, damit könnte ich über alles andere hinwegtäuschen: über die Pickel im Gesicht, die billigen Klamotten, die gähnende Leere in der Geldtasche.

Mitunter, Monsieur, engt eine Angst mir die Brust, daß es weh tut. Dann strecke ich mich auf dem Bett aus. Mir ist, als würde ich einsinken. Ich wünsche mir, an einem anderen Ort zu sein, in Malaga zum Beispiel, zwischen Nelly und Jawad zu sitzen und mich innerlich über ihre obszönen Geschichten zu amüsieren. Um achtzehn Uhr sehe ich mir meine Fernsehserie im Zweiten an. Um neunzehn Uhr sehe ich mir meine Fernsehserie im Ersten an. Letztere ist mir lieber. Der Hauptdarsteller hat dunkles Haar und grüne Augen, und mir gefallen Männer mit dunklem Haar und grünen Augen. Eine andere Aktivität habe ich nicht. Angeblich befinden sich nicht wenige Leute in derselben Situation.

Ich tue den lieben Tag lang nichts und wieder nichts, Monsieur, so ist das nämlich. Und Mama bestärkt mich noch darin und hält mich dazu an, in diesem Nichtstun auszuharren. Ausdauer ist das wichtigste, sagt sie, Ausdauer in ihrer ganzen Resolutheit ist, wie Seneca sagte, sagt Mama, etwas so Großes, daß man selbst in der Faulheit Ausdauer beweisen könne, wenn diese nur zäh genug sei. Mama weiß, wovon sie spricht, sie tut nie auch nur einen Handgriff, weswegen hier auch, wie Sie mit eigenen Augen sehen können, Herr Gerichtsvollzieher, ein solcher Saustall herrscht, für den ich mich vielmals entschuldigen möchte.

Wovon wir eigentlich unser Leben bestreiten, fragen Sie sich? Von fast nichts. Darin liegt unser ganzes Geheimnis. Ich kann mit einigem Stolz sagen, daß wir zu nicht zu unterbietenden Preisen leben. 3000 Franc im Monat für zwei Personen, das macht uns so schnell keiner nach! Das grenzt schon an ein Wunder, nicht wahr? Da keimt Hoffnung für die kommenden Generationen auf. Mamas Motor, das muß gesagt werden, ist nicht das Streben nach Gewinn, das den Menschen sonst gemein ist, wie Sie wissen. Mama hat ihren Sinn für Gewinnstreben auf weiß Gott welchen Abwegen verwandelt in, ja, in was eigentlich?, in Irrsinn höchstwahrscheinlich. So viele Möglichkeiten gibt es ja nicht. Womit unsere mißliche Lage zumindest teilweise erklärt ist. Aber lassen wir das.

Die Sache ist die, Herr Gerichtsvollzieher, ich lungere herum, ich meine, ich verbringe meine Tage in vollkommener Untätigkeit, die von meiner Mutter noch extra gefördert wird. Meine Mutter behauptet nämlich, Monsieur, durch die Praxis entferne man sich vom Sein. Arbeiten bedeute, davon ist sie überzeugt, sich dem Feind zu ergeben, mit Niedertracht, Abscheulichkeit und Infamie zu paktieren, immer ihre hochtrabenden Wörter, arbeiten bedeute, sich von Menschen schikanieren lassen zu müs-

sen, die einem nicht das Wasser reichen können. Ein jeder Chef sei überdies ein Adept der Sklaverei, bekräftigt sie, diese Tatsache sei viel zuwenig bekannt. All dies ist, wie Sie sehen, sehr wenig dazu angetan, mich zu Frondiensten oder anderen staatsbürgerlichen, in weiten Teilen der Bevölkerung hochgeschätzten Aktivitäten anzuregen.
Und als würde sich der Gerichtsvollzieher plötzlich am Riemen reißen, vielleicht weil er sich in ungebührlicher Weise von mir hatte ablenken lassen, nahm er wieder sein vorschriftsmäßiges Gerichtsvollzieherverhalten mit seinem Gerichtsvollzieherblick an, der die Dinge und Menschen abzukühlen schien, befragte seine Gerichtsvollzieheruhr und kam wohl zu dem Schluß, daß sich die Dinge etwas in die Länge zögen, denn er sagte:
Könnte ich nun bitte das hintere Zimmer besichtigen?

18 Ich stürzte augenblicklich in das Zimmer meiner Mutter, versprühte Deospray, um den ekelhaften Geruch zu übertünchen, öffnete im Handumdrehen die Fenster, die meine Mutter aus Furcht vor Spionen permanent geschlossen hielt, schleuderte eine Handvoll Klamotten, die auf einem Stuhl herumlagen, in den Schrank und beförderte die Bücher, die zu Hunderten den Boden bedeckten, per Fußtritt unter das Bett.

Wenn Sie sich bitte hereinbemühen möchten, gab ich von mir. Ich hätte liebenswürdiger nicht sein können, und ich muß gestehen, ich begann Gefallen daran zu finden.

Der Gerichtsvollzieher betrat Mamas Zimmer, indem er eine erste Hürde überwand, glitt über einen Stapel Zeitungen, bahnte sich einen Weg zwischen Büchersäulen, achtlos auf einen Haufen geworfenen Kleidungsstücken, verstreuten Papieren, leeren Flaschen und begab sich, am Ende eines mit zahlreichen Fallen ausgelegten Parcours, an die Schätzung eines mit Marketerien versehenen Marmornachttisches, eines blauen, mit Arabesken verzierten Bettvorlegers, auf dem in Schwarz-Weiß-Tönen ein Tiger dargestellt war, eines Bettes mit verchromtem Metallgestell, bestehend aus einer Matratze der Marke Dunlopillo, 140x190 cm, und einem Lattenrost, ebenfalls der Marke Dunlopillo, 140x190 cm.

Wann wurde der Kauf dieses Bettes getätigt? forschte der Gerichtsvollzieher, dessen Fragestellungen einen bemerkenswerten Mangel an Phantasie aufwiesen.

1978, ein Jahr vor meiner Geburt. Ein denkwürdiges Datum, Monsieur, denn 1978 war das Jahr, in dem meine

Mutter an den Nerven erkrankte. Weshalb gerade in diesem Jahr? Weil ihre Erinnerung damals durch eine Reihe von Ereignissen gewissermaßen entfacht wurde. Wie ich Ihrem Gesichtsausdruck zu entnehmen glaube, brennen Sie, Herr Gerichtsvollzieher, darauf, den Inhalt dieser Ereignisse zu erfahren. Also, es war so: Am 28. Oktober 1978, genau fünfunddreißig Jahre nach dem Tod ihres Bruders, las meine Mutter im *Express* ein Interview, das Louis Darquier de Pellepoix, der ehemalige Leiter des Generalkommissariats für Judenfragen, Philippe Ganier-Raymond gegeben hatte, ein Interview, in dessen Verlauf er erklärte, für die Razzien im Jahre 43 sei ganz allein Bousquet verantwortlich gewesen.

Im Anschluß an diese Lektüre, Monsieur, am 28. Oktober 1978 um zehn Uhr vormittags, war das Schicksal meiner Mutter besiegelt. Oder ihr Wahnsinn. Wie man will.

Am 28. Oktober 1978 glaubte meine Mutter, deren Leben bis dahin aus vollkommen gleichförmigen Tagen mit kleinen Kümmernissen, kleinen, wenn auch seltenen Freuden und kleinen Bitternissen bestanden hatte, deren Leben so geordnet, so regelmäßig verlaufen war, Herr Gerichtsvollzieher, daß sie bisweilen fand, es sei gar kein richtiges Leben, nun, an diesem Tag glaubte meine Mutter zu verstehen, es war wie eine Offenbarung für sie, daß eine Mission ihr auferlegt sei. Wer sie ihr auferlegt haben sollte, weiß kein Mensch. Mein Jean, sagte sie manchmal in einem mystischen Anfall, mein Jean spricht aus meinem Munde, um Gott anzurufen. Meine Mutter glaubte sich also, wie gesagt, mit einer heiligen Mission betraut, derzufolge sie die Paralipomena der Geschichte an die Öffent-

lichkeit zu bringen hätte, die ganze lange Liste all der Schändlichkeiten, Monsieur, die in den hochoffiziellen Reden nur zu gern unter den Tisch fallen gelassen werden, die abscheulichen Bigotterien, die sich zu Allerheiligen vortrefflich unter den blumengeschmückten Gräbern verbergen lassen, die Staatsbetrügereien, die im geheiligten Namen des Vaterlandes begangen werden, die Lügen, die unrechtmäßig eingetriebenen Gelder, der Machtmißbrauch, die Schiebereien und all den ruchlosen Frevel, getarnt mit hehren Gefühlen und imposanten Wörtern.
Und das Leben meiner Mutter wurde mit einemmal zu einem richtigen Leben.
An jenem Vormittag beschloß sie, der Gerechtigkeit zu ihrem Recht zu verhelfen, das man uns, wie sie bekräftigte, gestohlen hatte, da sich diejenigen, die uns dazu verhelfen sollten, schockiert die Ohren zuhielten und schamhaft das Gesicht bedeckten.
In ihrem aufkeimenden Wahn beschloß sie, mit der ganzen Kraft ihres Geistes gegen den Unheiligen Geist sowie gegen all jene vorzugehen, die diesen ihrer Meinung nach verkörperten, und Bousquet, sagte sie, gehöre zu diesen Leuten. Die Stunde der Abrechnung ist gekommen, und mich hat man bestimmt, sie durchzuführen, sagte meine Mutter selbstgefällig und lachte voll Hoffart. In ihrer tiefen Betrübnis hat die Geschichte mich auserwählt, frohlockte sie, mich, ein kleines Fräulein von der Post, ich kann es gar nicht fassen.
Und meine Mutter, die keiner Fliege etwas hätte zuleide tun können, setzte es sich von da an in den Kopf, den Mann vor Gericht zu bringen, der ihrer Ansicht nach die

Herrschaft des Bösen auf Erden ermöglicht hatte, immer ihr großspuriges Gerede, und ihn in Ermangelung eines von den befugten Instanzen ausgesprochenen Urteils einer Bestrafung ihrer Wahl zuzuführen. Wie sie das anstellen wollte, fragen Sie? Indem sie ihm zwei Kugeln in den Schädel jagte. Einfach. Lächeln Sie nicht, Herr Gerichtsvollzieher, das ist eine bitterernste Angelegenheit.

In ihrem zerrütteten Geist stellte Mama sich vor, sie brauche lediglich einen einzigen Menschen zu eliminieren, um den Brandbefall der Welt samt dem um sich greifenden Gestank zu beseitigen. Reiner Wahnsinn! Durch ihre Abrechnung mit Bousquet glaubte sie mit den faulen Geschichten der Geschichte und auch mit ihren eigenen abzurechnen. Wie naiv! Man muß, versicherte sie, Gleiches mit Gleichem vergelten und diejenigen vernichten, die uns ein solches Leid zugefügt haben, diesen weisen Rat erteilt uns Hesiod. Verabsäumen wir es, die Ungeheuer zu richten, die uns ein von Schmach und Tod verwüstetes Land übergeben haben, wird die Zukunft uns richten, und Onkel Jean sowie all jene, die, wie er, einen grauenvollen Tod sterben mußten, werden ein zweites Mal sterben und bis in alle Ewigkeit immer wieder sterben.

Meine Mutter, Herr Gerichtsvollzieher, hielt sich für den Engel des Jüngsten Gerichts, sie, die mit einem Engel so ganz und gar nichts gemein hatte. Im Alleingang wollte sie sämtliche moralischen Verfehlungen einer Epoche gutmachen, drunter hätte sie's nicht getan, und sich doch tatsächlich mit den bösen Kräften messen, bewaffnet mit einer kleinen 6,35er, die sie einem pensionierten Polizisten abgeschachert hatte, diese Komikerin!, denn meine Mutter

glaubte an den Triumph des Guten und den Sieg der Gerechten, um einem solchen Ammenmärchen aufzusitzen, Monsieur, muß man wirklich einen Stich haben.
Von nun an stand sie tagein, tagaus wie ein Zinnsoldat vor der Banque d'Indochine, deren Präsident Bousquet war. Da man natürlich auf sie aufmerksam wurde, änderte sie ihre Taktik und ersuchte darum, bei dem Bonzen vorgelassen zu werden, wobei sie an einen Angestellten geriet, der ihre abgetragenen Schuhe (der Marke Bata) genauestens beäugte, einen zweiten Angestellten holen ging, welcher ihren (schiefen) Haarknoten genauestens beäugte, sie dann an einen dritten Angestellten verwies, der sie seinerseits von den abgetragenen Schuhen (der Marke Bata) bis zu dem (schiefen) Haarknoten genauestens beäugte, um dann trocken zu versetzen: Eine persönliche Vorsprache beim Herrn Generaldirektor ist nicht möglich, es steht Ihnen aber selbstverständlich frei, sich schriftlich an ihn zu wenden.
Meine Mutter schickte ein ganzes Jahr lang Brieflein über Brieflein, um einen als geschäftlich bezeichneten Termin zu erhalten, und sie führte die sehr besondere Natur ihres Falls in diesen Schreiben brillant ins Treffen.
Doch alle Mühe war vergeblich.
Da klopfte sie an die Türen einiger wichtiger Leute, deren Namen ich nicht nennen werde, Leute, die Bousquet in dessen Glanzzeit nahegestanden hatten. Keine dieser Türen wurde ihr geöffnet. Was sie nicht davon abhielt, weitere Schritte zu unternehmen: sie leistete sich den Luxus, im Restaurant Chez Paul zu speisen, wo Bousquet Stammgast war, und überlegte, von welchem Platz sich wohl der

beste Schußwinkel böte; sie schaffte es, ich weiß nicht, wie, über mehrere Jahre hinweg in der Kapelle der Maison des Jésuites an der Gedenkmesse zu Ehren Lavals teilzunehmen, die Bousquet niemals versäumte, und wurde Mitglied des Personenkomitees zur Ehrenrettung des Marschall Pétain, in der Hoffnung, ihm dort zu begegnen und seine Absichten gewissermaßen von innen her auszukundschaften.

Mit der Zeit wußte meine Mutter so viel über Bousquet, wie man über einen Menschen nur wissen kann, doch keine der Einzelheiten, die sie in Erfahrung brachte, vermochte das Geheimnis zu lüften, das ihn umgab. Sie wußte, daß er vom Staatspräsidenten protegiert wurde und sie daher besser kein Aufsehen erregte. Sie wußte, daß er seine Füllfederhalter bei Léon auf der Place Vendôme aussuchte, seine Anzüge bei Lanvin schneidern ließ, der feine Pinkel, daß er Kamelhaarmäntel trug und Handschuhe aus Pekarileder, nur das Teuerste vom Teuersten, daß er von Claude Darget kommentierte Ringkämpfe mochte, John Player's Filter rauchte, einen Mercedes fuhr und in einer nicht zu kleinen Wohnung in der Avenue Raphaël residierte. All das und noch viel mehr wußte sie. Doch die Seele Bousquets blieb ihr verschlossen. Die Beweise, die sie darin suchte, stehen nur in Büchern.

Sie las alle Bücher, Monsieur, in denen sein Name vorkam. Sie las sie ein zweites Mal.

Sie lernte seine Kindheit kennen, die Stationen seines Lebens, seine Ruhmestaten, seine dunklen Stunden. Sie erfuhr, daß er in Montauban als Sohn eines Notars geboren worden war. Sie erfuhr, daß er mit sechsundzwanzig Jahren zum Unterpräfekten, mit einunddreißig zum Präfekten, mit dreiunddreißig zum Minister ernannt worden war, immer mit dieser Karrierewut im Bauch. Sie erfuhr, daß er einen auffälligen, eleganten Stil bevorzugte, daß er Ordnung liebte, Frauen, Hunde und Ehrungen. Sie erfuhr, daß er den Weg der Korruptheit nur eingeschlagen hatte, weil er selbst und kein anderer es so gewollt hatte.

Jahrelang wühlte sie in seiner Vergangenheit mit der besitzergreifenden Ausschließlichkeit einer verliebten Frau.

19 Durch das viele Wühlen in Bousquets Vergangenheit drangen aber all ihre Kriegserinnerungen, die sie tief in ihrer Seele vergraben hatte, in wildem Durcheinander wieder an die Oberfläche, erlebte Erinnerungen und erfundene, solche, die kaum, daß sie aufgetaucht waren, schon wieder verrannen, und solche, die so deutlich, so blutig und so schrecklich waren, daß sie ihr Entsetzen einjagten.

All ihre Erinnerungen, Monsieur, verwickelten sich in ihrem Kopf zu einem Gewirr, vermischt mit der Schwermut der früheren Jahre, dem anschwellenden Echo von Jeans Schreien und den Neuheiten auf dem Gebiet raffinierter Greueltaten, die sie via Fernsehen entdeckte, irgendwo in Afrika.

Ihre Erinnerungen wurden verrückt, Monsieur.

Sehr rasch traten die ersten Anzeichen ihrer Verirrungen zutage und versetzten ihre Arbeitskolleginnen Josette und Marsceline in Alarmbereitschaft. Mama machte ihnen fortwährend irgendwelche Mitteilungen über Bousquet, wobei sie den Plan, den sie in ihrem Herzen geschmiedet hatte, freilich verschwieg; bald bedachte sie ihn mit dem Titel eines Polizeichefs oder eines Bankiers, bald erklärte sie, er stehe im Sold der Deutschen oder, auch nicht viel besser, der Finanzwelt, dann wieder wunderte sie sich über seine Jugend und seinen fulminanten Aufstieg in der Vichy-Regierung, ein anderes Mal über seinen gerissenen, mißtrauischen Charakter, der ihn zu einem unvergleichlichen Finanzspezialisten gemacht hatte, jedoch bei jeder Gelegenheit schimpfte sie ihn einen Hurensohn von

Putain, so daß man fortan unmöglich wissen konnte, ob es sich in ihren Reden um Bousquet, Pétain oder einen anderen ihrer Feinde handelte, sogar sie selbst verlor den Überblick und wurde, Herr Gerichtsvollzieher, durch und durch meschugge.

Pouillon, ihr Abteilungsleiter, rief sie zu sich. Sie sei gewiß überarbeitet, vielleicht würden ein paar Tage

Meine Mutter protestierte lauthals. Erholung! Das ist doch wohl nicht Ihr Ernst! Sie habe wahrlich andere Sorgen, als sich um die Streiche zu kümmern, die ihre Gesundheit ihr spielte! Zur Stunde überfliege Bousquet, um nur ihn zu nennen, einen Brief, in dem ein gewisser Lazare Apfelbaum wie auch ein gewisser Baysse, beide wohnhaft in Venerque im Departement Haute-Garonne, denunziert würden, und diesen Brief würde er seine Sekretärin Marguerite an Monsieur Darquier de Pellepoix, den Leiter des Generalkommissariats für Judenfragen, weiterzuleiten bitten, dieser würde ihn an Monsieur Cheneaux de Leyritz, den Präfekten der Region Haute-Garonne, zurückschicken, bevor ihn dieser wiederum seinem Stellvertreter Monsieur Bézagu übergäbe, der ihn gemeinsam mit seinem Polizeiintendanten Monsieur Boucher den zuständigen Behörden übermitteln würde, und diese schließlich würden ohne jeden Zweifel die nötigen Verfügungen ergehen lassen. Denken Sie nur! sagte meine Mutter, wenn das nicht wichtiger ist als irgendwelche Wehwehchen!

Der Abteilungsleiter hörte sich die ganze Gechichte an und verstand kein Wort, erkannte allerdings sofort, daß es ihr sehr viel schlechter ging, als er ursprünglich angenommen hatte. Was er für eine harmlose Spinnerei gehalten hatte, erwies sich als blanker Wahnsinn.

Er suchte sie zur Vernunft zu bringen. Ein paar Tage Erho Meine Mutter schrie richtiggehend auf. Urlaub! Wo das Schicksal des Landes auf dem Spiel stand! Wo denken Sie hin!

Erst heute morgen, erklärte sie (das war im Januar 79, etwa ein Jahr vor meiner Geburt), habe sich Bousquet nach Vichy begeben, um Putain über seine Gespräche mit Oberg zu berichten. Dieses Datum, sagte sie, wird man sich merken müssen. Ménétrel führt ihn in den Salon, wo der Marschall ihn bereits erwartet. Bousquet erläutert dem Marschall erst Obergs, dann seine eigene Position. Meine Entschlossenheit in der Quotenfrage hat sich bezahlt gemacht, sagt er. Welche Quote? fragt Putain nach. Die Quote der abzutransportierenden Juden, präzisiert Bousquet. Unterdessen öffnet Ménétrel die Tür zum Büro und kündigt Monsieur Abel Bonnard an. Wer soll denn das sein? erkundigt sich der Marschall. Es war ihm entfallen, daß es sich um seinen eigenen Minister handelte. Unser Gestapo-Mann, erinnert ihn Ménétrel, der sich von Zeit zu Zeit einen kleinen Scherz erlaubt. Soll warten.

Während der restlichen Unterredung nickt der Marschall ein, fährt hoch, hebt den Kopf, ach ja? Wie?, fragt Bousquet nach dem Befinden seiner Familie, ohne sich dasselbe anzuhören, schläft wieder ein, gibt zwei, drei Schnarchtöne von sich, öffnet ein Auge halb, fragt Bousquet nach dem Befinden seines Sohnes, der ihn ziemlich kalt läßt, dämmert wieder ein, schnarcht ein bißchen, fährt hoch, und die werte Frau Gemahlin?

Bousquet antwortet jedesmal, wobei seine Betretenheit wächst, Raymonde gehe es gut, und sein Sohn prügle sich in der Schule. Einen Augenblick lang glaubt er Putain tot. Panik erfaßt ihn. Er ruft nach Ménétrel, doch der antwortet nicht. Dann beruhigt er sich. Er beobachtet ihn eindringlich und stellt fest, daß sich sein Brustkorb in regelmäßigen Atemzügen hebt und senkt. Also hat er

Die Meinung ihres Abteilungsleiters stand nun unwiderruflich fest. Rose Mélie hatte den Verstand verloren.

Mit ihrem Wahnsinn ging es ehrlich gesagt mal bergauf, mal bergab.

An guten Tagen, Herr Gerichtsvollzieher, war meine Mutter friedlich, lebte in ihrer Zeit, erkundigte sich nach dem Weltgeschehen, belustigte oder empörte sich darüber, je nachdem. An den schlechten Tagen stieg ihr das Blut ihrer gequälten Erinnerung zu Kopf, die Daten vermischten sich in ihrem Geist, die Juel-Zwillinge, sagte sie alarmiert, haben einen Araber in die Seine gestoßen, sie sind einfach unverbesserlich, es ist zum Verzweifeln, erst gestern haben sie vor aller Augen mit Spucke neben unserer Tür an die Hausmauer geschrieben RAUS MIT DER ROTEN. Diese Drohung gilt uns genauso wie Filo, das liegt auf der Hand, die Juel-Zwillinge wollen uns damit einschüchtern, sie stehen unter der Fuchtel von du weißt schon wem. Aber ich werde meinen Mund trotzdem nicht halten, schrie Mama. Ich werde die Paralipomena hinausbrüllen, schrie sie (ihre Paralipomena hingen mir allmählich schon zum Hals heraus), und Filo bleibt, Schlußaus, Filo wird auf keinen Fall zu diesem Franco zurückkehren, nie und nimmer, Liebes, schon allein deshalb, weil ich auf ihre Kochkünste nicht mehr verzichten

kann. Ob ich Angst habe, fragst du mich? Natürlich, Liebes, habe ich Angst. Ich habe Angst, daß die Juel-Zwillinge uns dieselbe Schmach antun wie letzten Monat der Witwe Dastrugue. Ich lege überhaupt keinen Wert darauf, auf allen vieren von diesen Rohlingen an der Leine herumgeführt zu werden und mich auf ein Fingerschnippen zu ihren Füßen auf den Boden zu legen. Das würde ich nicht überleben.
Jean sagt, wir sollen uns keine Sorgen machen, Liebes. Er will kommenden Samstag im Café des Platanes mit den Juel-Zwillingen reden, wenn sie noch einigermaßen nüchtern sind. Aber ich sehe dieser Begegnung mit Beklemmung entgegen. Diese Zwillinge, Liebes, machen mir alles andere als einen guten Eindruck. Weißt du, erklärt sie mir, die Juels hören nämlich nur auf diesen Putain, der uns regiert und den ich vor Gericht bringen will. Das lasse ich mir nicht nehmen.

Sie müssen wissen, Herr Gerichtsvollzieher, in ihrem vorbelasteten Geist hatten sich Pétain, Bousquet, Darnand sowie die Juel-Zwillinge zu ein- und derselben Figur vermischt, die sie der Einfachheit halber Putain nannte, zu einer Figur mit wechselnden, verschwommenen, unsteten Gesichtszügen, die man nicht bloß für eine menschliche Inkarnation halten konnte, sondern auch für eine Idee, ein Symbol. Das Emblem des Bösen.

Ich tat alles in meiner Macht Stehende, Herr Gerichtsvollzieher, um meine Mutter wieder auf etwas orthodoxere Gedanken zu bringen. Ich ermahnte sie zur Vorsicht. Ich appellierte an ihre Vernunft. Tagtäglich errichtete ich Mauern von Argumenten gegen ihren Wahnsinn. Ich hielt ihr entgegen,

– daß sie nur einen Blick in die Geschichtsbücher zu werfen brauche, die zu lesen sie mich zwinge, und sie würde umgehend feststellen, daß jede Regierung seit jeher Sache von Serienmördern gewesen sei. Tiberius, Caligula, Claudius, Nero und wie sie alle heißen, hast du etwa noch nie von diesen Killern gehört?
– daß sie besser daran täte, sich mehr um die Lebenden zu kümmern. Um mich zum Beispiel, sollte ihr sonst niemand einfallen. Ich machte ihr Schuldgefühle. Das war meine liebste Waffe,
– daß es doch schließlich nicht meine Schuld sei, wenn diese Leute solche Grauslichkeiten begangen hätten, Menschenskind. Man trägt immer die Verantwortung für die Morde, die einem hinterlassen werden, antwortete Mama in dem dozierenden Ton, den ich an ihr haßte und den sie, wie ich annehme, aus der häufigen Konsultation der Bibel und anderer altertümlicher Texte hatte. Na, da haben wir ja einiges zu tun, rief ich,
– daß Putain, was immer sie dagegen einwende, auch nur ein Mensch sei, ein Mensch wie sie und ich, würde ich meinen, jedenfalls beinahe,
– daß sie ihren Mund halten solle. Weil ich nämlich am Ende meiner Weisheit sei. Und meiner Geduld.
An manchen Winterabenden verlieh eine vom Himmel oder von anderswo herabgefallene Traurigkeit meinen Bemerkungen eine ungewöhnliche Tiefe. Wozu, sagte ich zu ihr, willst du den Deckel über einem solchen Gestank hochheben? Und später: Ist Putains Seele verderbter als die anderer Menschen? Wer bist du denn, daß du hergehst und Putain zu einem Ungeheuer stempelst? Ein törichter

Erdenwurm, räumte meine Mutter ein, denn sie hatte Pascals *Pensées* gelesen. Welchen Sinn hat es, das Verbrechen immer weiter zu treiben und Leid durch noch mehr Leid zu mehren? Denn was glaubst du anderes zu tun, wenn du Putain tötest, als den Morden einen weiteren, genauso sinnlosen Mord hinzuzufügen und dich somit auf die Ebene derer zu stellen, die du anklagst? Gesühnt kann Onkel Jeans Agonie ohnehin nicht werden, durch nichts, schon gar nicht durch den Tod eines oder hunderter oder tausender Menschen. Sie schwieg. Ich triumphierte. Aber nicht lange.

Spätestens am darauffolgenden Morgen blühte ihr Wahn erst recht wieder auf, stärker, strotzender, üppiger und prächtiger noch als zuvor. Ein wahrer Dschungel. Ich konnte ihr die Absurdität ihres Vorhabens noch so oft vor Augen führen, sie ließ nicht locker. Da alle anderen sich in feiger Weise ihrer Pflicht entzögen, würde sie selbst Gerechtigkeit geschehen lassen. Keine Macht der Welt könnte sie davon abbringen. Keine. Das könnten wir ihr getrost glauben.

Eines denkwürdigen Februarabends, am 10. Februar 1979, um genau zu sein, platzte meine Mutter, die, wie Ihnen, Herr Gerichtsvollzieher, nicht entgangen sein dürfte, eine unberechenbare und an allen Punkten weißglühende Psyche besitzt, an jenem Abend also platzte meine Mutter in eine Livesendung im Fernsehen, riß das Mikro an sich und schrie:

Die Stunde der Gerechtigkeit ist gekommen. (Sämtliche Teilnehmer der Livesendung schienen wie gelähmt.) Da Putain dank irgendwelcher zwielichtigen Beziehungen der gesetzlichen Strafe entgehen konnte und ungeachtet seiner

Verbrechen skandalöserweise ungeschoren davongekommen ist, werde ich selbst Gerechtigkeit widerfahren lassen. (Sämtliche Teilnehmer der Livesendung hefteten den Blick nun, in Mißbilligung vereint, auf den Starmoderator.) Ein paar Leute haben sich eingebildet, man könne das Gedächtnis knebeln. Aber da haben sie sich getäuscht! Dieser Anschlag auf das Gedächtnis wird von mir vergolten werden. Ich werde die Paralipomena hinausschreien, und sollte es mich meinen letzten Atemzug kosten, um den Schuldigen seiner gerechten Strafe zuzuführen. Schluß mit dem scheinheiligen Gerede, meine Damen und Herren, es ist hoch an der Zeit, einen Schweinehund einen

Doch die Zeit, ihren Schweinehund bei seinem verdienten Namen zu nennen, blieb ihr nicht, denn sie wurde von einem Gorilla, der wie aus dem Nichts plötzlich aufgetaucht war, am Kragen gepackt und hinter die Kulissen gezerrt.

Im stargefüllten Studio war der Teufel los. Alle redeten furchtbar laut gleichzeitig durcheinander und waren der einhelligen Meinung, daß diese Frau ins Irrenhaus gehöre. Wen mochte sie nur gemeint haben mit diesem Putain? Es hagelte Vermutungen. Hypothesen, denen man sich anschließen konnte, gab es in großer Zahl. Die größten Skeptiker behaupteten, ein kleiner Putain stecke in jedem Politiker. Da könne man genausogut eine Stecknadel im Heuhaufen suchen!

Unsere Heldin aber wurde von der Polizei in die Notaufnahme gebracht. Am nächsten Tag, Herr Gerichtsvollzieher, wurde sie in das psychiatrische Krankenhaus Sainte-Anne eingeliefert. Dies war der Auftakt zu einer langen Reihe von Hospitalisierungen.

20 In das Lager Sainte-Anne, berichtigte meine Mutter, die soeben ihr Zimmer betreten und mein Getuschel mit dem Gerichtsvollzieher vorsichtig belauscht hatte. Unter dem Vorwand, ich sei unzurechnungsfähig, wurde ich von der Straße weg verschleppt wie eine gemeine Mörderin. Ich wehrte mich, indem ich schrie und kratzte und um mich schlug. Mein Protest erschwerte meinen Fall jedoch nur. Ich wurde in die Notaufnahme zwangseingeliefert und bekam, ebenfalls zwangsweise, eine Dehydrobenzperidolinjektion verabreicht, die mir im selben Moment das Denkvermögen nahm. Am nächsten Tag wurde ich von Milizangehörigen in weißen Kitteln zwangsweise in das Internierungslager Sainte-Anne abtransportiert. Dort wurde mir alles weggenommen, und ich wurde in ein Irrenhemd mit doppelt so langen Ärmeln wie normal gesteckt, die man mir im Rücken zusammenband wie den Schwachsinnigen in der Zeit der Barbarei, dann wurde ich zwangsweise in eine fensterlose Zelle gesperrt, in der die Möbel am Fußboden festgeschraubt waren, und bekam Arzneien eingeflößt, die mir buchstäblich das Bewußtsein nahmen, Liebes, denn ich wußte nichts mehr und kannte niemanden mehr, abgesehen von dir, nach der ich ständig vergeblich verlangte, und da spürte ich, wie meine Seele abstürzte und ins Leere glitt. Herr Doktor Donque kam an mein Bett. Er sollte bestätigen, ob oder ob nicht ich durch die öffentliche Anklage des abscheulichen Gemetzels, mit dem Putain sich, wenn schon nicht die Hände, so doch die Seele besudelt hatte, ob oder ob nicht ich zurechnungsfähig gewesen sei. Keine

leichte Frage. Ich will sie gleich beantworten, Liebes, mit allen Erläuterungen und Ergänzungen, die dieses Thema erfordert. Laß dir aber schon jetzt gesagt sein, daß ich für meine Taten in einem Umfang verantwortlich war wie nie jemand zuvor.

Als Herr Doktor Donque mich ansah, war mir, als ginge ein eiskalter Regen auf mein ganzes Wesen nieder. Wie geht es Ihnen? Seine Stimme klang wie die eines Priesters. Lieblich, schleimig, schmeichlerisch. Dabei irgendwie listig. Haben Sie gut geschlafen? Er stellte mir allerlei alberne Fragen in einschmeichelndem Ton, wie die Milizionäre es zu tun pflegen, wenn sie den Argwohn ihres Opfers einlullen und seine Widerstandskraft schwächen wollen, um ihn unmittelbar darauf an den Stromgenerator anzuschließen. Ich wollte etwas sagen, ihn anflehen, mich in Ruhe zu lassen, brachte aber nur unzusammenhängende Wortfetzen heraus, die nicht einmal ich selbst verstand. Ich war, Liebes, nicht mehr im Besitz der Wörter. Die Wörter, mit denen ich ihm hätte antworten können, blieben mir in der Kehle stecken. Es kostete mich die größte Mühe, sie über die Mauer meines Mundes bis an die Lippen zu hieven, zumal sie auch besonders schwer und ernst und feierlich waren.

Nach tagelangem Stumpfsinn vermochte ich ihm endlich zu erklären, daß ein innerer Befehl mich zu dieser Tat bewogen hatte, ein Befehl, der aus mir selbst gekommen war, jedoch weit über mich hinausging, ein göttlicher Befehl gewissermaßen, der mich über mein Dasein hinaustrug, das können Sie nicht verstehen, Herr Doktor, ein Befehl, der mir von höheren Aspirationen supraindividueller, ich möchte beinahe sagen supranationaler Natur diktiert worden war im Zuge einer Angelegenheit, beharrte ich, die keineswegs meine eigene war, sondern vielmehr die gesamte Menschheit anging. Meine Mission bestand darin, stammelte ich, der Welt zu enthüllen, welche Paralipomena

Ich merkte es sofort: dieses Wort war zuviel gewesen. Es bestätigte seine Diagnose. *Mystisch konnotiertes Fabulieren und religiöse Wahnideen.*

An jenem Tag referierte ich nicht länger über meinen großangelegten Plan. Sehr bald erkannte ich, unter anderem durch die Unterstützung meiner Zimmergenossinnen, daß man Herrn Doktor Donque und seinen Milizschergen um nichts auf der Welt sein Herz öffnen durfte. Sie hatten offenbar die unanständige Manie, darin herumzuwühlen.

An den folgenden Tagen war ich sehr auf der Hut. Ich lernte zu simulieren. Putain? Kenne ich nicht. Darnand? Nie gehört. Mein erstes Koterlebnis? Mein zweites Ekstaseerlebnis? Das Rumoren meiner Triebe? Dummes Zeug, dummes Zeug. Absenz des Vaters? Melancholie der Mutter? Begraben und vergessen. Schon seit Jahren. Mein oberstes Ziel war, mich vor den therapeutischen Angriffen zu schützen, die regelmäßig auf die Lagerinsassen verübt wurden, denn ich hatte rasch begriffen, daß die von den Herren Seelendoktoren verordneten Arzneien ungleich schädlicher waren als die Krankheit selbst.

In der Maltherapie zeichnete ich grüne Bäume, weiße Wolken, runde Sonnen und inmitten all dieser Elemente eine vereinte Familie. In der Gesprächstherapie debattierte ich heikle Fragen, Joghurt mit Vanille-, Schokolade-, Himbeer- oder Waldfrüchtegeschmack?

Ich bemühte mich sehr, mich dumm zu stellen.
Es gelang mir.
Herr Doktor Donque beglückwünschte mich dazu.
Im Fernsehzimmer lernte ich deinen Vater kennen. Spanier, dunkle Haut, dunkles Herz. Eine Bande Außerirdischer, die die Gabe besaßen, überall gleichzeitig zu sein, war ihm auf den Fersen und verfolgte ihn mit der gewissenhaften Ausübung dieser Gabe, sie schmiedeten perverse Ränke gegen ihn, die ihn gleichermaßen zum Opfer wie zum Hohepriester machten. Er vertraute sich mir an. Wir liebten uns. Am nächsten Tag sprach er mich mit einem fremden Namen an. Er wußte nicht mehr, wer ich war. Einen Monat später verschwand er.
Die Tage vergingen, öde und trüb. Eines Morgens spürte ich dann die warme Sonne wie einen Kuß auf meiner Haut. Am nächsten Tag lernte ich wieder lachen. Am übernächsten Tag polemisierte ich.
Drei Tage später erklärte der gebluffte Herr Doktor Donque mich für geheilt.
Kaum in Freiheit, kehrte ich sofort an die Front zurück, auf der Jagd nach dem Hurensohn von Putain, so daß
So daß man den Eindruck gewinnen konnte, Monsieur, schaltete ich mich wütend, an den Gerichtsvollzieher gewandt, ein, wir befänden uns in einem Theaterstück, so daß ich jahrelang das Gefühl hatte, für meine Mutter existierte nichts anderes, Monsieur, als dieser elende Putain, Putain, Putain und wieder Putain. Und mich vergaß meine Mutter darüber völlig.
Das stimmt nicht, protestierte Mama.
Meine Mutter vergaß, daß es mich gab, sagte ich laut und

deutlich, sie steckte mich in regelmäßigen Abständen in Leihfamilien, denen ich jedesmal fortzulaufen versuchte. Meine Mutter, Monsieur, die sich mit Leib und Seele ihrem hehren Vorhaben verschrieben hatte, nahm mich nämlich nur in einem gelegentlichen Aufblitzen wahr.

Du übertreibst, lehnte Mama sich auf und zog es vor, sich zu entfernen, um den Rest nicht hören zu müssen. Ich geh aufs Häusl, gab sie vor und ging ab. Sehr elegant. Ich fragte mich, wozu sie eigentlich Petrarca las. Es kam ja doch nichts dabei heraus. All die Bücher, die sie las, gereichten ihr in keiner Weise zum Vorteil. Oder doch, einen Vorteil zog sie doch daraus: sie ersparte sich dadurch die mühsame Hausarbeit. Die statt dessen von wem erledigt wurde, was glauben Sie?

Mama, Herr Gerichtsvollzieher, nahm mich nur in einem gelegentlichen Aufblitzen wahr. Kümmere dich um mich, bettelte ich. Sie aber war kilometerweit entfernt, steckte in irgendwelchen weltumspannenden Projekten in schwindelerregenden Höhen. Mama, ich bin hungrig, ich bin durstig, Mama. Sie aber trug den Kopf in den Wolken, kämpfte für den Weltfrieden und die Rassenliebe. Mir ist kalt, Mama, ich zittere vor Kälte. Sie aber krempelte gerade Ministerien um und machte sich dafür stark, daß Sodomiten in der Regierung vertreten sein dürften. Ich habe Bauchweh, Mama, es tut so weh, Mama. Sie aber hatte gerade eine Unterredung mit den Gespenstern. Oder einen Disput mit Putain. Unter vier Augen. Sie war unerbittlich. Bis zu dem Tag, Monsieur, an dem ich beschloß, die Mutter meiner Mutter zu sein. Mama, bitte beruhige dich, die Leute sehen schon her, sprich nicht so laut, wasch dich, nein, das ist nicht Putain, das ist Jacques Dufilho, ich sage dir doch, das ist nicht Putain, Mama, deine Tropfen, hier, fünfzig, und deine drei Tabletten, die machen dich so benommen, sagst du? bei weitem nicht genug!, Mama, in diesem Aufzug kannst du doch nicht auf die Straße gehen, du siehst grotesk aus, Mama, tu dies nicht, tu das nicht. Wie hätten Sie an meiner Stelle gehandelt? fragte ich den Gerichtsvollzieher, der seine Aufmerksamkeit auf Mamas Fernseher konzentrierte (wir hatten jede unseren eigenen) und in sein Notizheft schrieb: Farbfernseher der Marke Philips, Bildfläche 54 cm, multifunktionale Fernbedienung. Wollen Sie auch noch meinen Fernseher mitgehen lassen? rief meine Mutter, die sich auf katzenhaft leisen Sohlen wieder in ihr Zimmer geschlichen hatte. Eine ausgezeichnete Idee, mein Herr! Je weniger Besitz, um so weniger Scherereien! Wer nichts hat, kann auch nichts verlieren, sagte schon Seneca, und ich gebe ihm hundertprozentig recht. Denn glücklich, sagt Seneca, ist nicht der, bei dem sich viel Geld anhäuft, sondern der, der all sein Gut in der Seele hat. Tragen Sie dieses scheußliche Gerät ruhig fort, das Gewäsch, das aus ihm herauskommt, macht mich nur müde, und etwas Neues erfahre ich ohnehin nicht, tragen Sie dieses ganze Gerümpel fort, die Diebe werden ihre Freude daran haben, tragen Sie auch die häßliche Kommode fort, die ich von meiner Mutter geerbt habe, sie ist nichts wert und steht nur im Weg herum, tragen Sie alle Möbel fort, mit denen unsere Leere vollgestellt ist, und wenn Sie schon dabei sind, tragen Sie auch gleich die Gespenster fort, die mich bis in meine Alpträume mit Vorwürfen überhäufen und mich zwingen, bei eingeschaltetem Licht zu schlafen, tragen Sie meine Erinnerungen fort, meinen Kummer, meine einfältige Illusion, meinen dämlichen Glauben und die Stimmen meiner Toten, Sie können alles forttragen, mein Herr, meine Wünsche und Sehnsüchte können Sie mir ja doch nicht nehmen, wie Epiktet schon sagte, dem ich vollauf zustimme, und in dieser Art ging es noch eine Weile weiter, bis der Gerichtsvollzieher, der die ganze Zeit über mit versiegelten Lippen und versiegelter Seele dagestanden hatte, trocken erklärte: Ich würde jetzt gern das Bad sehen.

Sein Ton gefiel mir nicht sehr. Ich bemühte mich aber trotzdem, mir nichts anmerken zu lassen. Gewiß doch, Herr Gerichtsvollzieher, sagte ich. Dann hielt ich zögernd inne.

21 Ich hielt zögernd inne. Obwohl man diesen Raum gemeinhin als Papieraufbewahrungsstätte für ungeeignet hält, haben wir, Mama und ich, ihn als Lesekabinett eingerichtet, wobei uns die Badewanne als Abstellplatz und Bücherbord gleichermaßen willkommen war. Ich schickte der Besichtigung daher einige einleitende Worte voraus.

Meine Mutter, Herr Gerichtsvollzieher, sagte ich wörtlich, fügt sich Hygienevorschriften genausowenig wie irgendwelchen anderen Regeln. Sie sieht in unserer Katze Camille ein Vorbild, dem es in vielfacher Hinsicht nachzueifern gilt (Raubtiereigenschaften stellen in den Augen meiner Mutter den genauen Gegenpol zu den ihr verhaßten Verdiensten der deutschen Seele dar), und so hält sich Mama für ausreichend sauber, wenn sie sich, sehr summarisch, das Gesicht und eventuell einige der umliegenden Öffnungen gewaschen hat. Und wenn ich sie, belästigt von ihren Ausdünstungen, unverhohlen tadle, hält meine Mutter mir entgegen, Monsieur, sie habe das Stadium des Scheins schon vor langer Zeit hinter sich gelassen und gehe solch erniedrigenden und schweißerregenden Tätigkeiten nicht länger nach, zumal sie auch so gut wie keine Gelegenheit habe, sich schmutzig zu machen. Natürlich entspricht das nicht der Wahrheit, Monsieur. Meine Mutter macht sich sehr wohl schmutzig und stinkt. Aber ihr ist das schnurzegal. Die einzige, die darunter leidet, bin ich.

Der Gerichtsvollzieher blickte auf die Uhr und begehrte erneut das Badezimmer zu sehen. Ich sprang ins kalte Wasser. Auf eine Demütigung mehr oder weniger kam es nicht an. Meine Selbstachtung, die nichts weiter war als eine abstoßende Wunde, allzeit bereit, aufzubrechen und zu bluten, meine Selbstachtung hatte seit Beginn dieser Prozedur so viele Schläge hinnehmen müssen, daß sie gewissermaßen ohnmächtig geworden war. Und in diesem Zustand sollte sie auch besser bleiben, fand ich. Ich führte den Gerichtsvollzieher also in unser kleines Lesekabinett.

Nach einigen Verrenkungen gelang es dem Gerichtsvollzieher, sich bis zum Waschbecken durchzuschlängeln, wo er damit begann, den Medizinschrank zu öffnen, der mit Medikamenten zur Behandlung der mütterlichen Krankheit vollgestopft war.

Es kommt, wie ich Ihnen gestehen muß, vor, vertraute ich ihm an, daß ich gelegentlich zusammen mit Nelly von diesen Pillen Gebrauch mache. Wir gehen in ihr Zimmer im sechsten Stock, schließen die Tür ab und legen uns auf das Bett, unter das mit Reißnägeln befestigte Poster von Matthieu Kassovitz; wir nehmen drei oder vier Tranxene mit etwas Whisky ein, verfolgen langsam mit den Augen die Ringe, die von unseren Zigaretten aufsteigen, stellen uns vor, am Meer, in Malaga, zu sein, dann fallen uns die Lider zu, und wir heben ab, wir lassen die Last der Traurigkeit und Langeweile unter uns und schweben, wir schweben in fünfzehntausend Meter Höhe in einer Atmosphäre der Irrealität, als hätten wir die Schwerkraft der Dinge abgeworfen, bis Nellys Mutter mit Fäusten gegen die Tür trommelt und uns dazu anhält, schleunigst hinauszukommen, sonst würde sie die Feuerwehr rufen. Dann flattern unsere Blaulichtseelen auf das Bett zurück und schlagen jäh inmitten der Häßlichkeit der Dinge auf. Wir erwachen und stel-

len fest, unsere Zigaretten haben kleine Löcher in die Überdecke gebrannt.
Der Gerichtsvollzieher beugte sich über die Regalbretter, die ich in unserer Badebibliothek angebracht hatte, um einige Bücher aufstellen zu können.
Es wird Ihnen sicher nicht entgangen sein, Herr Gerichtsvollzieher: Mama liebt Bücher. Mama liebt Bücher bis zum Wahnsinn. Mama liebt bis zum Wahnsinn den Wahnsinn, der in den Büchern festgehalten wird. Unter uns gesagt, es bekommt ihr nicht. Mama sagt oft, man erkenne einen Menschen an den Büchern, die er gelesen habe. Die Menschen sind, was sie lesen, sagt sie, das ist nicht schwer zu begreifen. Sie sagt auch, die Bücher, die man lese, hinterließen Spuren in der Seele, veränderten unsere Sicht der Dinge und sogar unser Aussehen. Mama redet wirklich jede Menge Blödsinn daher! Sie sagt zum Beispiel auch, an dem Tag, an dem alle Menschen bedeutende Bücher lesen würden, wäre die Menschheit endlich wieder versöhnt. Aber das wird wohl noch eine Weile dauern!
Der Gerichtsvollzieher zog einige der aufgestellten Bände heraus, die er als Mann der Ordnung sofort wieder an ihren Platz zurückstellte, zählte sie und schrieb in sein Notizheft: Zweibändige Bibelausgabe; Seneca: *Briefe an Lucilius über Ethik;* Kallimachos: *Dichtungen;* Epiktet: *Handbüchlein der Moral;* Marcus Tullius Cicero: *Vom Tod;* Quintus Tullius Cicero: *Kommentar zur Amtsbewerbung;* Plutarch: *Moralis;* Plinius der
Während der Gerichtsvollzieher seine Liste erstellte, glaubte ich einen Ausdruck der Überraschung auf seinem Gesicht zu bemerken: seine Augenbrauen hoben sich der-

gestalt, daß sie sich zu einem kleinen Dach spitzten. Wahrscheinlich wunderte er sich darüber, keinen einzigen zeitgenössischen Roman in unseren Bücherreihen zu finden.
Die Auswahl unserer Bücher macht Sie sprachlos, Monsieur? Sie wird von meiner Mutter getroffen, die nur noch die alten Autoren liest. Mama hat nämlich alle nach 1940 entstandene Literatur en bloc für hassenswert erklärt. Davon geht sie nicht ab. Aber die Kraft, die Inspiration eines XY, sage ich zu ihr, oder denk doch mal an XX, der von einer solchen Liebe zur Menschheit beflügelt ist? Hassenswert, alle miteinander hassenswert, sagt Mama, von drei Ausnahmen abgesehen. Aber YX, der so viele Preise bekommen hat, oder YY, dessen Verkaufszahlen in die Tausende gehen? Alles Krämer, sagt sie. Feiglinge. Mit einem so weichen Rückgrat, daß sie es andauernd beugen müssen. Allzeit bereit, denen in den Arsch zu kriechen, die man völlig zu Unrecht Kritiker nennt, allzeit bereit, sich zu Schleuderpreisen zu verkaufen, nur damit ein paar Zeilen von Rebatet in der Zeitung über sie stehen, bereit, sich zu Boden zu werfen vor der Zensur eines Heller, wobei sie nie vergessen, sich für eine kleine Werbeeinlage in die Pose des Genies zu werfen. Mein Gott, sagt Mama, was für eine Papierverschwendung! Wieviele Bäume dafür umsonst ihr Leben lassen mußten!
Es sind dies, Herr Gerichtsvollzieher, Theorien, die ich auf das schärfste zurückweise. Die ich schlichtweg abstoßend finde. Ein derartiger Mangel an Distinktion erfüllt mich ganz ehrlich gesagt mit Abscheu. Es hat aber keinen Sinn, meine Mutter über ihren Irrtum aufklären zu wollen, Sie haben es ja selbst gesehen. Die Leidenschaft verstellt ihr

die Urteilskraft, und kein vernünftiges Argument vermag ihren Wahn ins Wanken zu bringen. Mama ist, müssen Sie wissen, niemals im Unrecht.
Und ich, Monsieur, ich muß, wenn ich meinen nicht unbeträchtlichen, um nicht zu sagen entfesselten Heißhunger an Fiktion vor allem in bezug auf Dinge, die den Sex berühren, stillen will, auf die Autoren der Antike zurückgreifen, wie Seneca, Kallimachos, Pindar oder Marcel Proust, denn andere kommen an der mütterlichen Zollkontrolle nicht vorbei, oder aber ich muß unter Aufbietung tausender Listen Bücher hereinschmuggeln, die Nelly mir leiht und in denen das meiner Meinung nach einzige interessante Thema behandelt wird, eine Liebesgeschichte mit Hindernissen samt allem Drum und Dran.
Weiter konnte ich mich dazu jedoch nicht äußern, denn Mama kam wutentbrannt ins Badezimmer geschossen, ihre gräßliche Banane wie einen Schild um ihr schmutziges Nachthemd geschnallt, und begann zu schreien und zu toben. Dieser Drecksack wird mir nicht auch noch meine Bücher stehlen wollen! Alles, nur das nicht! Alles, nur das nicht! Sie geriet außer sich. Wieder einmal. Seit achtzehn Jahren setzte sie mir mit ihren Ausbrüchen zu! Ich hatte die Nase gründlich voll und schickte mich an, es ihr mitzuteilen, als der Gerichtsvollzieher mit seinem Fischmündchen erklärte, er wünsche nun, inständig und zum Abschluß, unsere Küche anzusehen. Er schien entschlossen, sich durch nichts mehr ablenken zu lassen.

22 Ich fühlte, als er das sagte, wie meine Kräfte mich verließen. Mit den äußerst schwachen mir verbleibenden wankte ich in Richtung Küche, setzte einen gewinnenden Gesichtsausdruck auf (dabei war ich nur noch ein Häufchen Scham: Demütigung und Scham) und legte eine Hand auf die Türklinke. Einen Augenblick durchzuckte mich der Gedanke, ihm den Zutritt gewaltsam zu verbieten und wie Filo auf spanisch zu rufen *No pasaran!*, doch tat ich das genaue Gegenteil, ich drückte mich an die Wand, um ihn vorbeizulassen, und murmelte mit schwacher Stimme: Bitte, Herr Gerichtsvollzieher, treten Sie ein.

Das Bild, das sich unseren Augen bot, spottete jeder Beschreibung. In der Spüle türmte sich schmutziges Geschirr, Bücher lagen da und dort, Aschenbecher quollen über von Zigarettenstummeln, Eierschalen, Gemüseschalen, Brot- und Küchenreste aller Art lagen stumm auf dem ganzen Tisch herum, versiffte Wischtücher, verstreute Abfälle, eingetrocknete Spritzer an den Wänden: Es herrschte Unordnung nur und Schmutz, Grind, Elend und Not.

Der Gerichtsvollzieher betrachtete diese Müllhalde, ohne daß ein einziger Muskel in seinem Gesicht gezuckt hätte, und steuerte auf den Herd zu.

Ein Kaninchen? fragte er und zeigte mit gelassener Geste auf das im Backrohr eingeschlossene Tier.

Ja, Monsieur, sein Name ist Jason, stammelte ich und hielt mir die Hand vor das verlegene Lächeln. Ich hoffe, Sie nehmen keinen Anstoß daran, entschuldigte ich mich. Mama (einmal mehr schob ich alles auf sie), Mama hatte

diese spitzfindige Idee (in Wirklichkeit war es meine Idee gewesen), das Backrohr, das wir ohnehin nie benutzten, zu einem Kaninchenstall umzufunktionieren. Sie brauchte bloß, wie sie es bei Filo 1940 gesehen hatte, die Tür des Backrohrs zu entfernen und ein Gitter anzubringen und dieses Kaninchen hineinzusetzen, das, wie ich betonen möchte, sagte ich, um die Absonderlichkeit des Phänomens abzuschwächen, ausschließlich zu Ernährungszwecken bestimmt ist. Natürlich war das eine Lüge.
Der Gerichtsvollzieher, der wahrscheinlich schon ganz andere Dinge gesehen hatte, erwiderte mir kalt, ein Kaninchen, noch dazu ein lebendiges, dürfe keinesfalls als Einrichtungsgegenstand gelten und folglich auch nicht auf die vorliegende Inventarliste gesetzt werden.
Ich atmete auf.
In genau dem Augenblick hörte ich meine Mutter, die seit einigen Minuten im Wohnzimmer patrouillierte, wilde Flüche ausstoßen. Der Gerichtsvollzieher und ich spitzten die Ohren und starrten sinnlos auf die Wand, die Küche und Wohnzimmer voneinander trennte. Wahrscheinlich stritt meine Mutter sich mit einem aus ihrer Erinnerung auferstandenen Gespenst. Ich war an diese Form der Auseinandersetzung ja gewöhnt. Unter den Verbalinjurien und Vorwürfen, die sie ihrem unsichtbaren Gegner an den Kopf warf, glaubte ich die Worte Plünderer, Dieb und noch einige andere, weit unflätigere Ausdrücke aufzuschnappen, die schriftlich niederzulegen mein Schamgefühl mir verbietet.
Es wird Ihnen nicht entgangen sein, sagte ich zum Gerichtsvollzieher, daß sich der Zustand meiner Mutter mit

den Jahren nicht gerade verbessert hat. In den Tagen nach Bousquets Tod, er wurde bekanntlich am 8. Juni 1993 von einem gewissen Christian Didier ermordet, glaubte ich, blöd, wie ich bin, ihr Wahnsinn werde angesichts dieser Nachricht vergehen, und das Leben werde zurückkehren. Das richtige.

Irrtum.

Der Zustand meiner Mutter verschlechterte sich immer mehr. Denn nun war ihr das Ziel genommen, auf das sie über fünfzehn Jahre lang tagtäglich hingearbeitet hatte. Dieses Vorhaben, das sie als historisch bezeichnete, in das sie sich bis zur Selbstaufgabe, bis zur Selbstzerstörung gestürzt hatte, dieses Vorhaben hatte ihr bei aller Extravaganz doch das Gefühl gegeben, Boden unter den Füßen, einen Sinn, einen Halt im großen Nichts zu haben. In ihrer Hetzjagd auf all jene, die sie in ihrem Gerechtigkeitswahn Ungeheuer schimpfte, hatte sie sich ein ihr eigenes Gesetz, eine ihre eigene Maßlosigkeit, eine ihr eigene Rechtfertigung für ihr Leben geschaffen. Nun, da es keine Jagd mehr gab, war sie plötzlich desorientiert und verunsichert, als hätte man sie aus ihrem eigenen Schicksal hinausgeworfen. Und so keimte ihr brachliegender Wahn, anstatt, wie erhofft, zu verkümmern, erst recht wieder auf.

Mama verfing sich immer mehr in ihren Hirngespinsten; wenn Putains Tod die Welt in keiner Weise verändert habe, bekundete sie, so deshalb, weil hinter seiner Person etwas anderes stehe, das größer sei als er, etwas Unvorstellbares und Diabolisches, eine unendliche, böse Kraft, deren Ursache niemand kenne, eine entfesselte, alles überschwem-

mende, nicht steuerbare Macht, ein herrenloser, obdachloser Amok, den sie aufdecken müsse, koste es was es wolle. So ein Irrsinn.
Da diese Vorstellung sie jedoch am Boden zerstörte, verdrängte meine Mutter sie und sank immer tiefer in eine Vergangenheit, deren Greuel sie zwar mit Entsetzen erfüllten, aber immerhin mit einem Entsetzen, das ihr vertraut war. Sie klammerte sich an die Vergangenheit, als wäre diese der einzig solide Halt, und fand darin einen dauerhaften Schutz vor den potentiellen Risiken der Gegenwart und den Bedrohungen der Zukunft.
Der Krieg bot ihr fortan ein Zuhause, die Welt aber war ihr Feind. Allein stand sie gegen tausend. Man mußte auf der Hut sein.
Sie lehnte es fortan ab, auszugehen, observierte mit äußerster Vorsicht rund um die Uhr die Türen und Fenster, horchte, ob Stiefellärm oder das Pfeifen der Stukas nahte, unterhielt sich mit Toten, wandelte zwischen Gespenstern und richtete heftige Vorwürfe an das Fernsehen, wenn sie auf dem Bildschirm Putain zu erkennen glaubte, der dank der neuesten Fernsehtechniken so entstellt aussehe, bekräftigte sie, daß ein ungeschultes Auge ihn nicht zu erkennen vermöge.
Dennoch gab sie nicht auf. Instinktiv ahnte sie irgendwie, daß sie vor dem Bösen nicht kapitulieren durfte, weil dies bedeutet hätte, den Tod zu akzeptieren. Und sterben, dazu konnte meine Mutter sich nicht entschließen. Weder morgen noch sonst irgendwann. Unter den diversen Ausprägungen ihres Wahnsinns war dies die einzige, die mich beruhigte. Ihres Lebenswillens wurde meine Mutter nie

überdrüssig. Denn sie hatte, glaube ich, eine alte und gleichzeitig sehr junge Seele.

Und so verwandelte sich der Krieg, den sie gegen das Böse führte, in einen Krieg gegen den Tod.

Aufgeben wollte meine Mutter ihren sinnlosen Kampf also nicht, andererseits wußte sie aber auch nicht mehr, wie sie ihn führen sollte, seitdem so ein Irrer, donnerte sie, an ihrer Stelle Putain ermordet hatte. Sie wollte nach wie vor die Welt erlösen, um ihr eine neue Unschuld zu schenken. Aber wie kann man die Welt erlösen, fragte sie sich, wenn man ganz alleine dasteht und als einzige Waffe nur eine harmlose kleine Pistole hat?

Mama sah sich mit so hohen Aufgaben in so schwindelerregenden Höhen konfrontiert, daß sie mit der Zeit vollständig von der Realität abgeschnitten war. Alltagssorgen konnten ihr überhaupt nichts mehr anhaben. Wer, glauben Sie, durfte sich statt dessen damit herumschlagen? Meine Wenigkeit natürlich, sagte ich und trommelte mir mit zornigem Finger gegen die Brust, während der Gerichtsvollzieher durch gleichzeitiges Einziehen von Bauch und Hintern versuchte, bis zum Kühlschrank vorzudringen.

Der Gerichtsvollzieher notierte die Marke des Gerätes: Siemens, seine Höhe: 1,20 m, seine Breite: 50 cm. In dem Augenblick jedoch, in dem er sich anschickte, den Inhalt zu erkunden, tauchte Mama im Türrahmen auf, eine Zigarette zwischen den Lippen.

Hochgradig genervt erklärte sie, die Auflistung der in diesem Kühlschrank enthaltenen Lebensmittel könne nur ungemein rasch vonstatten gehen aus dem einfachen Grund, schrie sie, weil besagter Kühlschrank ungemein leer sei. Glauben Sie vielleicht, es macht mir Spaß, meine Louisiane einer solchen Hungerkur auszusetzen? schrie sie den Rücken des Gerichtsvollziehers an. Glauben Sie vielleicht, mir blutet nicht mein Mutterherz? Auch ich möchte meine Tochter mit Geschenken überhäufen! Auch ich möchte sie von Zeit zu Zeit auf ein kleines Eis oder ins Chinarestaurant einladen oder ihr Schuhe mit Riesenabsätzen kaufen, wie ihre Freundin Nelly welche trägt, verrückte Klamotten für jeden Tag der Woche, einen Fernseher mit neunundfünfzig Kanälen, damit sie sich an diesen Liebesfortsetzungsserien sattsehen kann, nach denen sie so verrückt ist, und ein motorbetriebenes Bodenfahrzeug, lachte sie traurig auf, damit sie Spritztouren an die Côte d'Azur unternehmen kann.

Meine Mutter schwieg einen Augenblick. Ich dachte, ihr Zorn sei verraucht. Dann aber, als schäumte eine neuerliche Wutwelle aus ihrem Mund, sagte sie kommandohaft zum Gerichtsvollzieher, er solle auf seine blöde Liste schreiben, ich zitiere, daß wir alles in allem wohlgemerkt, schreib auf!, von den 3000 mickrigen Mäusen lebten, die wir monatlich als staatliche Stütze überwiesen bekämen, diese 3000 Mäuse geben wir aus wie folgt, schreib auf! brüllte sie den Rücken des Gerichtsvollziehers an, der instinktiv hochfuhr, erstens: circa 400 Franc pro Woche wenden wir für Grundnahrungsmittel auf: Brot, Reis, Nudeln, Kartoffeln, Eier, Hackfleisch, Zucker, Schokolade, Coca Cola; zweitens: Nescafé habe ich vergessen, zweitens: für unsere Zigarettenration benötigen wir einen Betrag von, von wieviel? Sie brauchen es nur zusammenzurechnen! Der wachsende Zorn rötete ihr die Wangen. Eine

Schachtel Gauloises für mich plus eine Schachtel Marlboro für meine Tochter, die heimlich raucht, also zwei Schachteln pro Tag mal sieben macht vierzehn Schachteln pro Woche mal 20 Franc macht 280 Franc, 280 Franc plus 400 Franc mal vier macht, macht wieviel? macht 2720 von den 3000 staatlichen Almosen, Sie sehen ja, wieviel da übrigbleibt! brüllte sie und brachte ihr Gesicht gefährlich nahe an den Rücken des Gerichtsvollziehers heran. Auch wenn wir unsere Zigarettenstummel aufheben, um neue Zigaretten daraus zu basteln, auch wenn wir mal Kartoffeln statt Reis fressen, unsere Not wird dadurch nicht gelindert! Was soll ich denn tun? brüllte sie und bedrohte unvermutet das Hinterhaupt des Gerichtsvollziehers mit einem hastig ergriffenen Gemüseschäler. Der Gerichtsvollzieher erstarrte zur Salzsäule. Soll ich, wie Filo, an Putain schreiben? brüllte sie, damit er mir ein Lebensmittelpaket schickt?

Mama, bat ich.

Madame, sagte der Gerichtsvollzieher.

23 Hier ist keine Madame, explodierte meine Mutter, hier ist nur eine Irre, die dich gleich kurz und klein schlagen wird.

Sie packte den Gerichtsvollzieher grob an der Schulter und drehte ihn zu sich herum, versetzte ihm eine Ohrfeige, daß er gegen den Kühlschrank flog, riß ihm die Brille von der Nase und trampelte wild darauf herum, da! Alles ging nun sehr rasch. Hilf mir, sagte meine Mutter, und, als hätte alle Wut, alle Angst und alle Qual, die sie ihr ganzes Leben zusammengehalten hatte, sich in ihr zu einer unermeßlichen, wilden und verheerenden Kraft versammelt, ergriff sie ihn am Revers seines Jacketts, hob ihn vom Boden hoch und schleifte ihn aus dem Raum wie ein gewöhnliches Paket.

Und ich, die ich seit Anbeginn der schicksalhaften Ereignisse jegliches Verhalten, das man als frech oder unschicklich hätte auslegen können, gemieden hatte wie die Pest, die ich Tausende Höflichkeiten aufgewendet hatte, um dieses Ungeheuer zu besänftigen in der Hoffnung, ihm so etwas wie Mitgefühl zu entlocken, ich stürzte mich, ich weiß nicht, welcher Teufel mich ritt, ich stürzte mich, ohne zu zögern, ohne nachzudenken, auf ihn, krallte meine Finger in den Stoff seiner Kleidung und gab ihm mit aller Kraft einen Stoß in den Rücken, während Mama ihn an der Krawatte nach vorne zog.

Wir schubsten ihn im Zickzack quer durch das Wohnzimmer, an den Möbeln und Blumentöpfen vorbei. Er stolperte und schlug um sich, und wir lachten schallend. Dann legten wir eine Pause ein, ohne unseren eisernen Griff zu lockern. Mama, mir scheint, er will etwas sagen, sagte ich. Das soll er gar nicht erst versuchen, sagte meine Mutter, nur ein stummer Bösewicht ist so harmlos wie ein zahnloser Wolf, von wem ist das, Liebes? Von Sueton, antwortete ich. Wir nahmen unseren Slalom unter noch größerem Gelächter wieder auf. Wir stießen ihn den engen Flur entlang, mit einer Kraft, die ich uns nicht zugetraut hätte, doch Freude und Zorn, das erkannte ich in diesem Augenblick, verzehnfachen unsere Energie. Bevor sie die Tür öffnete, zitierte Mama Cato und erklärte in gelehrtem Ton, einen Bösewicht muß man bändigen wie der Matrose den Sturm. Und mit diesen wunderbaren Worten warfen wir ihn hinaus. In den Sturm.

Klett-Cotta
Die Originalausgabe erschien unter dem Titel
»La Compagnie des spectres«

Printed in Germany
Schutzumschlag: Finken & Bumiller, Stuttgart
Gesetzt aus der 10 Punkt Veljovic
von Reprographia Medienhaus, Lahr
Auf holz- und säurefreiem Werkdruckpapier gedruckt
und gebunden von Clausen & Bosse, Leck

ISBN 3-608-93436-7

Literatur bei Klett-Cotta

Anthony Burgess:
Die Uhrwerk-Orange

Roman. Aus dem Englischen von Wolfgang Krege.
240 Seiten, Leinen, ISBN 3-608-93519-3

Eine der großen Höllenfahrten des Jahrhunderts – neu übersetzt. Die Geschichte von Alex, der gemeinsam mit seiner Gang harmlose Bürger überfällt und mißhandelt und später in einen guten Menschen verwandelt wird, ist in *Nadsat* erzählt, einer Art Steppenidiom, das gleichzeitig fremd klingt, weil niemand es sonst spricht, und vertraut, weil jeder es versteht.

Hugo Claus:
Das Stillschweigen

Roman. Aus dem Niederländischen von Waltraud Hüsmert
244 Seiten, gebunden, ISBN 3-608-93418-9

Eines Tages taucht René im Dorf wieder auf, der längere Zeit als Söldner in Afrika war. Doch von seinen Erlebnissen erzählt René nichts. Er lümmelt herum und steckt mit Charlie zusammen, dem Kriegskumpan, der in einem Campingwagen im nahen Wäldchen lebt. Da beginnt eine Serie von bizarren Krankheits- und Todesfällen das Dorf zu erschüttern.
In seinem neuen Roman – halb Krimi, halb Provinztragödie – inszeniert Claus den Ausbruch einer kollektiven Hysterie.
Die spannende Geschichte einer alltäglichen Katastrophe.